CÂNTICO DOS CÂNTICOS

exercícios para a apreensão de um poema

LUCILA SARTORI

NARVAL

CÂNTICO DOS CÂNTICOS

exercícios para a apreensão de um poema

LUCILA SARTORI

NARVAL

aos que amam to those who love

DOS

SUMÁRIO

SUMMARY

LUCILA SARTORI E O JARDIM DOS SEGREDOS

Beija-me com beijos de tua boca,
tuas carícias são melhores que o vinho,
teu nome, uma essência derramada,
por isso as jovens te desejam.
Arrasta-me contigo, corramos!
O rei me leva à sua câmara.
Celebremos!

A versão pintada do *Cântico dos Cânticos* (Museu de Belas Artes de Dijon), de Gustave Moreau, foi exposta pela primeira vez no Salão de 1853, ao lado de "As Banhistas" de Courbet e do "Tepidarium" de Chassériau. Moreau realizou um grande número de estudos e esboços para a preparação deste quadro, a maioria dos quais é conservada atualmente no Museu Gustave Moreau, em Paris, dando a entender que queria realmente impressionar o público da época com uma visão inteiramente nova do célebre livro bíblico, o único a cantar explicitamente o amor erótico entre os amantes. Ele escolheu ilustrar um episódio menos conhecido do *Cântico dos Cânticos* – o da violação da donzela Sulamita (uma habitante de Sulam, na Galileia). Presa em um harém, a jovem mulher sonha com seu amado e, quando ela tenta alcançá-lo sob a cobertura da escuridão, é atacada por um bando de soldados embriagados. Eles não irão protegê-la ou ajudá-la a encontrar seu amante; estão prestes a abusá-la. Ela empurra um dos soldados, que levanta seu véu agressivamente, fazendo que um outro derrame o cálice de vinho que lhe oferecia: "Encontraram-me os guardas que rondavam a cidade, bateram-me, feriram-me, tiraram-me o manto, os vigias das muralhas" (*Cântico dos Cânticos* 5:7).

LUCILA SARTORI AND THE HIDDEN GARDEN

Kiss me with the kisses of your mouth,
your caresses are better than wine,
your name, a poured essence,
therefore the young women desire you.
Draw me after you, let us run!
The king has brought me into his chambers.
Let us rejoice!

The painted version of the *Song of Songs* (Museum of Fine Arts of Dijon) by Gustave Moreau was first exhibited at the Salon of 1853, alongside Courbet's "The Bathers" and Chassériau's "Tepidarium". Moreau conducted a significant number of studies and sketches in preparation for this painting, most of which are presently preserved at the Gustave Moreau Museum in Paris. This suggests he aimed to truly impress the contemporary audience with an entirely new vision of the famous biblical book, the only one to explicitly celebrate the erotic love between lovers. He chose to illustrate a lesser-known episode of the *Song of Songs* – the violation of the Shulammite maiden (a resident of Shulam in Galilee). Captured in a harem, the young woman dreams of her beloved, and when she tries to reach him under the cover of darkness, she is attacked by a band of drunken soldiers. They will not protect her or help her find her lover; they are about to abuse her. She pushes one of the soldiers, who aggressively lifts her veil, causing another to spill the wine chalice he offered her: "The watchmen found me as they went about in the city; they beat me, they bruised me, they took away my veil, those watchmen of the walls" (*Song*

of Songs 5:7). It's unclear if the artist intended to depict, in a more realistic manner, Theodoret, Bishop of Cyrrhus's interpretation, in which the Shulammite allegorically represents the Church and the soldiers, her Roman persecutors, or if he was giving the episode his own, as literal as possible, interpretation, which, however, is still constructed in the painting according to classicist canons mixed with many other references. Moreau was especially drawn to primitive painters, archaic vases, ancient mosaics, Byzantine enamels, and the hieratic art of India (his second version of the Shulammite, a small watercolor made in 1893, now in the Ohara Museum, confirms this direction).

It was clear that the themes of drunkenness and gang rape could be directly addressed in a genre painting to be exhibited in a major Salon, to the European bourgeois society, because "the fact" was historical or mythical, and the place where it occurred was the distant Orient, which awakened in the western world of that time, self-declared "civilized", the most unspeakable fantasies about violence, eroticism, sex, and passion. Moreau's choice, whether covertly allegorical or not, thus diverged from the long tradition of depicting this book. Accepted only around the 2nd century (its origin and authorship are unknown) into the Hebrew Scriptures, for supposedly referring to ancient sources or authorities linked to the name of King Solomon, it was allowed to be included in the religious canons, Jewish and Christian, provided it was stripped of the explicit connotation of erotic love.

In the canonical reading, the relationship between the two lovers, who know and desire each other, symbolizes the love and commitment between the people of Israel and God, where love transcends mere individual existence. In the Worms *Mahzor* (1272), for example, the bridal couple is found under

Não está claro se o artista pretendia descrever, de modo mais realista, a interpretação de Teodoreto, o Bispo de Ciro, na qual Sulamita representa alegoricamente a Igreja e os soldados, seus perseguidores romanos, ou se estava dando ao episódio sua própria interpretação, a mais literal possível, que, contudo, ainda é construída na pintura de acordo com cânones classicistas misturados a muitas outras referências. Moreau foi especialmente atraído pelos pintores primitivos, pelos vasos arcaicos, mosaicos antigos, esmaltes bizantinos e pela arte hierática da Índia (a sua segunda versão de Sulamita, uma pequena aquarela feita em 1893, hoje no Museu Ohara, confirma esta direção).

Era certo que os temas da embriaguez e do estupro coletivo podiam ser diretamente abordados numa pintura de gênero a ser exposta num grande Salão, para a sociedade burguesa europeia, porque "o fato" era histórico ou mítico, e o lugar onde ocorria era o distante Oriente, que despertava no mundo ocidental daquela época, autodeclarado "civilizado", as mais inconfessáveis fantasias sobre violência, erotismo, sexo e paixão. A escolha de Moreau, seja disfarçadamente alegórica ou não, desviava-se assim da longa tradição de representação desse livro. Aceito apenas por volta do século II (sua origem e autoria são desconhecidas) nas Escrituras Hebraicas, por supostamente remeter a fontes antigas ou autoridades ligadas ao nome do Rei Salomão, foi permitido incluí-lo nos cânones religiosos, judaico e cristão, desde que despojado da conotação explícita de amor erótico.

Na leitura canônica, a relação entre os dois amantes, que se conhecem e desejam mutuamente, simboliza o amor e o compromisso entre o povo de Israel e Deus, onde o amor transcende a mera existência individual. No *Mahzor* de Worms (1272), por exemplo, o casal de noivos encontra-se sob a rupá, mas sem

the chuppah, but without physical contact between them; the bride is entirely covered by a long gown with a hood. The ornate word יתא (which includes a winking eye as a vowel marker) occupies a central position on the painted stage, separating the couple from the rabbi conducting the ceremony and further reducing the physicality between them. In the Levy/Leipzig *Mahzor* (1300), the couple is seated side by side, yet separated by a tree, possibly reflecting the iconographic tradition of the story of the Garden of Eden, where Adam and Eve are positioned on opposite sides of the Tree of Knowledge of Good and Evil. The couple is associated with the initial word יתא ("with me"), found in *Song of Songs* 4:8. This phrase is incorporated into the piyyut Iti me Levanon ("Come with me from Lebanon"), sung in the synagogue service for *Shabbat Hagadol*, immediately before Passover, linking the *Song of Songs* to Passover and interpreting the longing of the lovers as a metaphor for the situation of Israel in Exile, especially the slavery in Egypt. In the mentioned *Mahzors*, the word assumes a primary role in representation, almost overshadowing or rendering secondary the figures that accompany it. Their function is not merely to illustrate the meeting but to reminisce the words contained in the *Song*.

In some 14th-century Christian illuminations, the lovers are simply portrayed as a human couple walking in a garden or conversing in a room. Christianity also interpreted the Song as an allegorical work, this time as the love of Jesus for the Church. During the Late Middle Ages and the Renaissance, Christian doctrine developed the dogma of the "Immaculate Conception": Mary conceived by the Holy Spirit while retaining her virginity. The symbol of this dogma, used by artists of the time, was the "enclosed garden" (*hortus conclusus*). Gradually and discontinuously, the enclosed garden began to serve as a setting (*locus*) and metaphor for the sexual tension growing between the lovers as signs of their desires, culminating in the solitary encounter, hidden away, or, in the religious

contato físico entre eles; a noiva está inteiramente coberta por uma longa veste com capuz. A palavra ornamentada יתא (que inclui um olho piscando como marca da vogal) ocupa uma posição central no palco pintado, separando o casal do rabino que realiza a cerimônia e reduzindo ainda mais a fisicalidade entre eles. No *Mahzor* de Levy/Leipzig (1300), o casal está sentado lado a lado, porém separado por uma árvore, talvez refletindo a tradição iconográfica da história do Jardim do Éden, onde Adão e Eva estão posicionados em lados opostos da Árvore do Conhecimento do Bem e do Mal. O casal está associado à palavra inicial יתא ("comigo"), encontrada em *Cânticos* 4:8. Essa frase é incorporada ao *piyyut Iti me Levanon* ("Vem comigo do Líbano"), cantado no serviço da sinagoga para o *Shabbat Hagadol*, imediatamente antes da Páscoa, ligando os *Cânticos* à Páscoa e interpretando o anseio dos amantes como uma metáfora para a situação de Israel no Exílio, especialmente a escravidão no Egito. Nos *Mahzors* mencionados, a palavra assume um papel primordial na representação, quase ofuscando ou tornando secundárias as figuras que a acompanham. A função destas não é meramente ilustrar o encontro, mas rememorar as palavras contidas no *Cântico*.

Em algumas iluminuras cristãs do século XIV, os amantes são simplesmente retratados como um casal humano caminhando em um jardim ou conversando em um aposento. O cristianismo também interpretou o *Cântico* como uma obra alegórica, só que desta vez como o amor de Jesus pela Igreja. Durante a Baixa Idade Média e o Renascimento, a doutrina cristã desenvolveu o dogma da "Imaculada Conceição": Maria concebeu pelo Espírito Santo enquanto retinha sua virgindade. O símbolo desse dogma, usado pelos artistas da época, era o "jardim fechado" (*hortus conclusus*). Gradualmente e de modo descontínuo, o jardim fechado passou a servir de cenário (*locus*) e metáfora para a tensão sexual que cresce entre os amantes como indícios de seus desejos, culminando no encontro a sós, escondidos, ou,

version, in love for God, care for the Church, and contemplation of its doctrines. The book would thus explicitly, in the deviation from the canonical interpretation, equate sexual desire and erotic love as forms of spiritual ascent to God, with physical love being a proof, perhaps the most concrete, of His existence. The songs would suggest that full love manifests in the physical plane of the being, in the lush and ephemeral matter, without which it would not be possible for humans to overcome death. The exhibition of the woman as the central figure of the narrative (the motive of seduction) and, at the same time, an alibi for the construction of the painting, will take place in the 19th century, tilting the interpretation of the book as a love poetry. Coinciding with literary and artistic Romanticism, the *Song* opens up to new readings that fictionalize the time in which the mahzors were produced, the so-called "Middle Ages."

Dante Gabriel Rossetti, the Pre-Raphaelite inspired by the ideals of chivalry and courtly love, painted his version of the Shulammite (ten years after Moreau) in the work "The Beloved" (1865-66), commissioned by the banker George Rae in 1863. The bride is surrounded by her companions ("the daughters of Jerusalem"), who can be interpreted as different aspects of her own personality. Below her, a bouquet of roses serves as an allegory for the passion still contained, not yet blossomed. The black boy, who in the first version of the painting was a girl, holding a golden pot with roses, symbolizes both servitude and its antithesis, nobility, in an era that imagined harems with the presence of women, maids, and enslaved eunuchs (Rossetti likely saw Manet's "Olympia" and Ingres' "Odaliscs"). He adopted verses from the *Song of Songs* and the *Psalms* to label the painting: "My beloved is mine, and I am his; he feedeth among the lilies" (*Song of Songs* 2:16). "Let him kiss me with the kisses of his mouth: for thy love is better than wine" (*Song of Songs* 1:2). "She shall be brought unto the king in raiment of needlework: the virgins her companions that follow

na versão religiosa, no amor a Deus, no cuidado à Igreja e na contemplação de suas doutrinas. O livro explicitaria, assim, no desvio da interpretação canônica, o desejo sexual e o amor erótico como formas de ascese espiritual a Deus, sendo o amor físico uma prova, talvez a mais concreta, de Sua existência. Os cânticos sugeririam que o amor pleno se manifesta no plano corporal do ente, na matéria vicejante e efêmera, sem o qual não seria possível ao humano superar a morte. A exposição da mulher como figura central da narrativa (o mote da sedução) e, ao mesmo tempo, álibi para a construção da pintura, terá lugar no século XIX, inclinando a interpretação do livro como uma poesia de amor. Coincidindo com o romantismo literário e artístico, o *Cântico* abre-se para novas leituras que ficcionam o tempo no qual foram produzidos os *mahzors*, a suposta assim chamada "Idade Média".

Dante Gabriel Rossetti, o pré-rafaelita inspirado pelos ideais da cavalaria e do amor cortês, pintou sua versão de Sulamita (dez anos após Moreau) na obra "A Amada" ("The Beloved", 1865-66), comissionada pelo banqueiro George Rae em 1863. A noiva está cercada por suas companheiras ("as filhas de Jerusalém"), que podem ser interpretadas como diferentes aspectos de sua própria personalidade. Abaixo dela, um buquê de rosas serve como alegoria para a paixão ainda contida, não desabrochada. O menino negro, que na primeira versão da pintura era uma menina, segurando um pote dourado com rosas, simboliza tanto a servidão quanto sua antítese, a nobreza, numa época que imaginava haréns com a presença de mulheres, mucamas e eunucos escravizados (Rossetti provavelmente viu "Olympia" de Manet e as "Odaliscas" de Ingres). Ele adotou versos dos *Cânticos* e dos *Salmos* para rotular a pintura: "Meu amado é meu, e eu sou dele; Ele apascenta seu rebanho entre os lírios" (*Cântico* 2:16). "Beija-me com beijos de sua boca: teus amores são melhores do que o vinho" (*Cântico* 1:2). "Ela será levada ao rei em vestes de bordado: as virgens, suas companheiras que a

her shall be brought unto thee" (*Psalms* 45:14). The verses present "voices" in the first, second, and third person. Rossetti wished to transpose these different voices into his painting. "The Beloved," although appearing to look at the observer, is actually immersed in internal reflection. The women around her (or facets of herself) are the issuers of the texts. Rossetti's biographers, F.G. Stephens and Theodore Watts-Dunton, referred to this work in the following terms:

"The same elements, vigor, a sympathetic and poetic scheme of color, composition of a fine order, combined with much greater strength and originality reappear in 'The Bride,' or 'The Beloved,' that magnificent illustration of the *Song of Songs*. The latter is a life-size group of powerfully colored and diversely beautiful ladies accompanying their lady with music and with song on the way to the bridegroom. This picture, in respect of its brilliance, finish, the charm of four lovely faces, and the splendor of its lighting, occupies a great place in the highest degree of modern art throughout the world. It is equally, in respect of the named qualities, the crowning piece of Rossetti's art, and represents for him what Titian's 'Sacred and Profane Love' represents for that master."

Seen as a "magnificent illustration" by the biographers, Rossetti's painted version for the Song tries to insert itself into the Western iconographic tradition, bringing the word/voice as the protagonist of the representation, as in the Bamberg Manuscript (1000-1020), in which a huge central "O," housing the figure of God enthroned and surrounded by angels, serves as a password for the golden legend "*Osculetur me osculo oris sui!*" ("Let him kiss me with the kisses of his mouth!"). However, Rossetti centers the verse on the speech/voice of the woman, humanizing the representation and secularizing the poem. Unlike Moreau, the theme of intoxication also appears here, but it is not about being out of oneself due to the effects of an

seguem, serão trazidas até ti" (*Salmos* 45:14). Os versos apresentam "vozes" em primeira, segunda e terceira pessoa. Rossetti desejava transpor essas diferentes vozes para sua pintura. "A Amada", embora pareça olhar para o observador, na verdade está imersa em reflexão interna. As mulheres ao seu redor (ou facetas dela mesma) são as emissoras dos textos. Os biógrafos de Rossetti, F.G. Stephens e Theodore Watts-Dunton, referiram-se a esta obra nos seguintes termos:

"Os mesmos elementos, energia, um esquema simpático e poético de cor, composição de uma ordem fina, combinados com uma força e originalidade muito maiores reaparecem em "A Noiva", ou "A Amada", essa magnífica ilustração do *Cântico dos Cânticos*. O último nomeado é um grupo em tamanho real de damas poderosamente coloridas e diversamente belas acompanhando sua senhora com música e com canto a caminho do noivo. Esta imagem, no que diz respeito ao seu brilho, acabamento, o encanto de quatro rostos adoráveis e o esplendor de sua iluminação, ocupa um grande lugar no mais alto grau da arte moderna de todo o mundo. É igualmente, no que se refere às qualidades nomeadas, a peça coroação da arte de Rossetti, e representa para ele tanto quanto o "Amor Sagrado e Profano" de Ticiano representa aquele mestre".

Vista como uma "magnífica ilustração" pelos biógrafos, a versão pintada de Rossetti para o *Cântico* tenta inserir-se na tradição iconográfica ocidental, trazendo a palavra/voz como protagonista da representação, como no Manuscrito de Bamberg (1000-1020), no qual um enorme "O" central, abrigando a figura de Deus entronizado e cercado de anjos, serve como senha para a legenda dourada "*Osculetur me osculo oris sui!*" ("Beija-me com beijos de tua boca!"). Entretanto, Rossetti centra o verso na fala/voz da mulher, humanizando a representação e secularizando o poema. Ao contrário de Moreau, o tema da embriaguez também aparece aqui, mas não se trata de estar fora de si pelos efeitos de uma droga

external drug, but rather intoxication as a metaphor for being inebriated with love. There is nothing more (although she is surrounded by the daughters of Jerusalem) than the desire to meet her beloved. The woman, taken with love, is the center of the scene. The painter thus conceives a just correspondence between the word and the image (as in the just parity necessary between lovers), which implies that this painting is understood in the key of correspondences (*ut pictura poesis*) and not of illustration, as the referred authors claim. A tradition, so to speak, "romantic" develops from this treatment strategy of the *Song*, from the end of the 19th century, seeking to balance image and word (and not merely subordinating the image to the word) as a way to comment on the meeting and dialogue between the lovers. The common denominator among the numerous interpretations that have since emerged seems to have been the treatment of the book (despite maintaining its religious reference) as a poem about love in which the latter, mainly, is figured.

Lucila Sartori's work falls within this romantic tradition, viewing the *Song of Songs* not just as a poem that enables her as a visual artist to weave interpretations alongside the long-lived *corpus* of exegeses on the book but as a dynamic canvas for her own unique artistic exploration. Unwilling to merely illustrate, Sartori engaged in extensive study of this *corpus* over many years, examining it without allowing herself to be swayed by any of the theories expressed within. At times, she naturally felt inclined to make notes on these readings as a reflection on the complexity of the object before her. Given the book's broad and diverse fortune on one hand, and on the other, its religious status that endorses it as a universal narrative (fictionally validated across all places and times), the artist perceived it from the outset as a stratified set of historical readings to which many others continuously add. The idea that there would, therefore, be "layers" of meanings in the *Song*,

exterior, e sim de embriagar-se como metáfora do inebriar-se de amor. Não há nada mais (embora ela esteja cercada pelas filhas de Jerusalém) a não ser o desejo de encontrar seu amado. A mulher, tomada de amor, é o centro da cena. O pintor concebe, assim, uma justa correspondência entre a palavra e a imagem (como na justa paridade necessária entre os amantes), o que implica que se compreenda esta pintura na chave das correspondências (*ut pictura poesis*) e não da ilustração, como afirmam os autores referidos. Uma tradição, por assim dizer, "romântica" se desenvolve a partir desta estratégia de tratamento do *Cântico*, desde o final do século XIX, buscando equilibrar imagem e palavra (e não meramente subordinando a imagem à palavra) como forma de comentar o encontro e o diálogo entre os amados. O denominador comum entre as inúmeras interpretações que surgiram a partir de então parece ter sido o tratamento do livro (em que pese a manutenção de sua referência religiosa) como um poema sobre o amor no qual este último, principalmente, seja figurado.

É nesta tradição romântica que se insere o trabalho de Lucila Sartori. Ela também o vê (o *Cântico*) como um poema que a habilita como artista plástica/visual a tecer interpretações a par do longevo *corpus* de exegeses feito sobre o livro. Não disposta a apenas ilustrá-los, Lucila os estudou durante longos anos, examinando o referido *corpus*, sem, no entanto, deixar-se influenciar por qualquer das teorias ali expressas. Em alguns momentos, ela naturalmente se viu inclinada a fazer apontamentos sobre essas leituras a título de reflexão sobre a complexidade do objeto que tinha diante dos olhos. Como a fortuna do livro é ampla e diversa, por um lado, e por outro, seu status religioso permite chancelá-lo como uma narrativa universal (validado ficcionalmente em todos os lugares e épocas), a artista o percebeu desde o início como um conjunto estratificado de leituras históricas às quais vão continuamente se agregando muitas outras. A ideia de que haveria, portanto, "camadas" de significados no *Cântico*, mobilizou-a a

motivated her to construct a series of images in which the idea of incompletion (*posse fieri*) is implicit, that is, the expression through a cycle that never ends. Therefore, she subtitles her works "exercises in the apprehension of a poem," where the meaning of "exercise" as an attempt to capture its meanings (never fully understood) merges with the poetic form of appropriation, diverging from exegesis (of which she positions herself as a careful reader).

The medium chosen by the artist, metal engraving and its numerous processes (etching, aquatint, drypoint, roller, *lavis*, etc.), inherently structures images by layers or states. Through operations both delicate and brusque on the copper plates (from which the printed images originate), Sartori conveys that the very construction of the graphic image, regardless of the theme or figure intended to be constructed, is a continuous exercise of making and unmaking, an attempt to grasp an essentiality that resides both beneath the plate and beyond the effects obtained in the material's percussion. With the repetition of figures or parts of them, or their slight transformation from one engraving to another (and from one state to another), so common to the chosen medium, her interpretation of the *Song* attains the status of a set of signs that can be read as the words of the poem's verses. As mentioned previously, in a perspective of extracting the book's romantic essence, the ideal is to make figures and words share the spotlight proportionally, operating the text as image and vice versa, the image as text.

Similar to Rossetti, Lucila seeks to allude to the book's antiquity, also fictionalizing the location of its probable origin in the desert. The "air" of antiquity is achieved through the engraving's appearance as a palimpsest or a scroll of parchment, which exists for the artist only as a common place about the first seats of wisdom. After the fire in the great library (papyrotheca) of Alexandria, of which we know little, we are left with

construir uma série de imagens na qual está implícita a ideia de inacabamento (*posse fieri*), ou seja, a da expressão através de um ciclo que nunca se finda. Por isso, ela subtitula seus trabalhos de "exercícios para a apreensão de um poema", em que o sentido da palavra "exercício" enquanto tentativa de captura dos seus significados (nunca inteiramente compreendidos) se une à forma poética de apropriação, o que diverge do conhecimento exegético (do qual ela se coloca como uma leitora atenta).

O meio escolhido pela artista é a gravura em metal e seus inúmeros processos (água forte, água tinta, ponta seca, rolete, lavis etc.), uma vez que este meio também estrutura imediatamente as imagens por camadas ou estados. Assim, ela nos faz entender, por meio de operações ora delicadas, ora mais bruscas sobre as matrizes de cobre (de onde se originam as imagens impressas), que a própria construção da imagem gráfica, independentemente do tema ou figura que se pretende construir, é um exercício contínuo de fazimento e desfazimento, uma tentativa de apreensão de uma essencialidade que reside aquém da matriz e além dos efeitos obtidos na percussão da matéria. Com a repetição de figuras ou partes delas, ou a sua ligeira transformação de uma gravura para outra (e de um estado para outro), tão comum ao meio escolhido, sua interpretação do *Cântico* ganha o status de um conjunto de signos que podem ser lidos como as palavras dos versos do poema. Como dito anteriormente, numa perspectiva de extração romântica do livro, o ideal é fazer que as figuras e as palavras dividam proporcionalmente o protagonismo, operando o texto como imagem e vice-versa, a imagem como texto.

Semelhantemente a Rossetti, Lucila busca fazer uma alusão à antiguidade do livro, ficcionando também o local de sua provável origem no deserto. O "ar" de antiguidade é obtido pela aparência da gravura a um palimpsesto ou a um rolo de pergaminho, que não existe para a artista senão como lugar-comum sobre as primeiras sedes da sabedoria. Após o incêndio na grande biblioteca (papiroteca) de Alexandria, do qual pouco sa-

the fantasy of finding in images of dusty scrolls the most essential knowledge about humanity. Through a grayish or mauve background, the engraving gives the impression of something ancient, but also constructs, with an effect peculiar to the graphic métier (the ink veil left deliberately on the plate), a homology between the smoky color and the "bride". She appears adorned with a crown, wreath, earrings, and a fine transparent veil falling over her delicate shoulders, next to a tree bending towards her.

For Lucila, the tree, its branches, leaves, and flowers are the bride's support, proving her as a daughter of the earth and an oasis for her king, about to enter this garden. The dry tone, sometimes rust-like, sometimes sandy, that dominates the scenes throughout the series, aids in the modeling of *chiaroscuro*, only interrupted with the incursion of a gold leaf in the drawing version, of the king's robe, a redundant ornament since the crown on his head and the raised arm with the finger pointed up as a sign of authority would suffice to identify him. But the gold brings a necessary sparkle to break the aridity of this world and, as a way to also remember that only love, figured in the meeting of the two lovers, can make a field flourish in which life harshly grows. From the composition's standpoint, the scenes are simple, sometimes surrounded by snippets of verses or annotations of comments.

In a way, the manner in which the figures are staggered in space, with the scanning of distances (as if they were steps), recalls the work (also in metal engraving) of Shraga Weil (1918-2009) on the *Song*. Weil also conceives the figures, the man and woman, goats, and trees, as loose silhouettes in a foggy space, with dramatic use of chiaroscuro and halftones, of lights and shadows, since for the artist, the poem narrates the unlikely romance between a Yemenite shepherdess and a young ex-Palmachnik. In one scene, the young lover appears from the back, naked, covered only with a transparent gar-

bemos, restou-nos a fantasia de encontrar em imagens de rolos empoeirados os mais essenciais conhecimentos sobre a humanidade. Através de um fundo acinzentado ou malva, obtém-se na gravura a impressão de coisa antiga, mas também se constrói, com um efeito próprio do métier gráfico (o véu de tinta deixado deliberadamente na matriz), uma homologia entre a cor esfumaçada e a "noiva". Ela aparece coberta com uma coroa, grinalda, brincos e um fino véu transparente a cair-lhe sobre os ombros delicados, ao lado de uma árvore que se curva em sua direção.

Para Lucila, a árvore, seus galhos, folhas e flores são o sustentáculo da noiva, provando-a como filha da terra e oásis para o seu rei, prestes a adentrar nesse jardim. O tom seco, às vezes ferruginoso, às vezes de areia, que domina as cenas ao longo da série, auxilia no modelado do claro-escuro, somente interrompido com a incursão de uma folha de ouro na versão em desenho, da veste do rei, ornamento redundante uma vez que a coroa sobre a sua cabeça e o braço erguido com o dedo em riste como sinal de autoridade bastariam para identificá-lo. Mas o ouro traz uma cintilação necessária à quebra da aridez desse mundo e, como forma de fazer lembrar também que somente o amor, figurado no encontro dos dois amantes, pode fazer vicejar um campo no qual a vida duramente grassa. Do ponto de vista da composição, as cenas são simples, às vezes cercadas por nesgas dos versos ou anotações de comentários.

De certo modo, a maneira como as figuras são escalonadas no espaço, com a escansão das distâncias (como se fossem degraus), lembra o trabalho (também em gravura em metal) de Shraga Weil (1918-2009) sobre o *Cântico*. Weil também pensa as figuras, o homem e a mulher, cabras e árvores, como silhuetas soltas num espaço enevoado, com um uso dramático do claro-escuro e dos meios tons, das luzes e das sombras, uma vez que para o artista o poema conta o romance improvável entre uma pastora iemenita e um jovem ex-Palmachnik. Numa das cenas, a jovem enamorada aparece de costas, nua,

ment, looking through the crack of a slightly opened door (on the adjacent page, the hand of the lover holding the bolt on the other side to open it).

Lucila Sartori's representations are markedly more synthetic; she merely suggests the female body without making explicit the breasts and genitalia. For her, the ink veil not only conceals but primarily composes her figures as if they were made of an evanescent material, of dreams. The figures of the goat and the deer (almost a cave bison) signal, with minimal means, the pastoral scene, allegorizing the lovers at the same time: "My beloved is like a young deer (*Song of Songs*, 2:9). Her breasts are like two fawns, twins of a gazelle, grazing among the lilies (*Song of Songs*, 4:5)."

In the Rothschild *Mahzor* (1490), the deer and doe create an additional level of *midrash*: while the usual allegorical interpretation of the lovers in the *Song* represents God and the people of Israel, here the doe represents the Torah and the deer represents either God or the people of Israel. This *midrash* derives from a Talmudic passage related to the image of the deer found in the book of *Proverbs*: "A loving doe, a graceful mountain goat, etc" (*Proverbs* 5:19). The doe is loved by her partner at all times as if in their first hour of meeting, just as are the words of the Torah — loved by those who study them at all times as at the hour they made their first acquaintance. The doe is loving just as the Torah grants grace to those who study it. The image of hunting a deer in illuminated Hebrew manuscripts has been explained by historians as a symbol of the oppression of the Jews in the *Galut* (exile); the deer is Israel (*Samuel* 1:19), the hunter is the gentiles. According to this interpretation, the admonition is repeated three times: "I charge you, O daughters of Jerusalem, by the gazelles or by the does of the field, do not stir up or awaken love until it pleases! (*Song of Songs* 2:7; 3:5; 8:4)."

coberta apenas com uma veste transparente, olhando pela fresta de uma porta ligeiramente aberta (na página ao lado, aparece a mão do amante segurando o ferrolho do outro lado a abri-la).

Muito mais sintética em suas representações, Lucila Sartori apenas sugere o corpo feminino, não evidenciando seios e genitália. O véu de tinta para ela não apenas encobre, mas principalmente compõe as suas figuras, como se fossem feitas de um material evanescente, de sonhos. As figuras da cabra e da corsa (quase um bisão rupestre) sinalizam, com poucos recursos, a cena pastoral, alegorizando, ao mesmo tempo, os amantes: "Meu amado é como um jovem cervo (*Cântico*, 2:9). Seus seios são como dois filhotes gêmeos de gazela, pastando entre os lírios (*Cântico*, 4:5)".

No *Mahzor* Rothschild (1490), o cervo e a corça criam um nível adicional de *midrash*: enquanto a interpretação alegórica usual dos amantes no *Cântico* representa Deus e o povo de Israel, aqui a corça representa a Torá e o cervo representa Deus ou o povo de Israel. Esse *midrash* deriva de uma passagem talmúdica relacionada à imagem do cervo encontrada no livro de *Provérbios*: "Uma corça amorosa, uma cabra graciosa etc" (*Provérbios* 5:19). A corça é amada por seu parceiro em todos os momentos na primeira hora de seu encontro, assim como são as palavras da Torá — são amadas por aqueles que as estudam em todos os momentos como na hora em que fizeram seu primeiro conhecimento. A corça é amorosa assim como a Torá que concede graça àqueles que a estudam. A imagem da caça ao cervo em manuscritos hebraicos iluminados foi explicada por historiadores como um símbolo da opressão dos judeus no *Galut* (exílio); o cervo é Israel (*Samuel* 1:19), o caçador são os gentios. Segundo essa interpretação, a admoestação é repetida três vezes: "Eu vos conjuro, ó donzelas de Jerusalém, pelas gazelas e cervos do campo: Não acordeis, nem desperteis o amor até que ele o queira! (*Cântico* 2:7; 3:5; 8:4)".

In one of the engravings, Lucila depicts the king resting under a tree, his head reclined on the maiden's lap, and his crown held by his right hand, extended on the ground alongside his body partially buried by a shaded shadow, representing the earth. The waiting for love signifies the suspension of time, which the ink veil itself helps to uphold. Not contrary to the allegory of times of exile, the engraving suggests that there is also a time to be respected in the process of its achievement: there is a time for art! The image will only be awakened when the right time comes for it! Lucila comments, beyond the Song and through its reading, that this undetermined waiting time can only be felt during the process of making the engravings. It is the moment of silent time, of choices, hits, and misses within the studio; it's the time of anguish for not knowing the next step but also the joy of finding something unexpected that fits perfectly within the scene, with the impression that these small conclusions were more the result of preparing the field than of rational planning.

There's a time to plant the vine; there's a time to harvest the grape to make wine. And this also has its time for maturation and aging to be tasted. But intoxication by love is better than the intoxication of wine; in the Song, this sense, referred to by Lucila, is also supported by the use of the ink veil. Marc Chagall (1887-1985) made the color of wine the primary resource of tonal unity emerging from the background of the paintings interpreting the poem. From 1957 to 1966, the artist painted a series of five canvases treating it as a love song between husband and wife: "How beautiful is your love, my sister, my bride! How much better is your love than wine! And the fragrance of your oils than all spices!". Chagall numbered the paintings and arranged for them to be hung in a counterclockwise direction in the Museum of Fine Arts in Nice. This was intended to communicate the idea that love is not subject to linear time.

Numa das gravuras, Lucila representa o rei repousando sob uma árvore, cabeça recostada no colo da donzela e sua coroa segura pela mão direita, estendida no chão junto ao seu corpo semi-enterrado por uma sombra chapeada, representando a terra. A espera do amor sinaliza a suspensão do tempo, que o próprio véu de tinta ajuda a sustentar. Não contrária à alegoria dos tempos de exílio, a gravura dá a entender que há também um tempo a ser respeitado no próprio processo de sua consecução: há um tempo para a arte! A imagem somente será despertada quando chegar a hora certa para isto! Lucila comenta, para além do *Cântico* e por intermédio da leitura dele, que este tempo de espera, não determinado, pode apenas ser sentido durante o processo de feitura das gravuras. É o momento do tempo silencioso, das escolhas, acertos e erros dentro do ateliê; é o tempo da angústia por não saber qual será o próximo passo, mas também da alegria de achar algo inesperado cuja forma se casou como uma luva dentro da cena, com a impressão de que essas pequenas conclusões foram resultado mais da preparação do campo do que de um planejamento racional.

Há o tempo de plantar a videira; há o tempo de colher a uva para se fazer o vinho. E este também tem o seu tempo de maturação e envelhecimento para ser provado. Mas a embriaguez pelo amor é melhor do que a embriaguez do vinho; no *Cântico*, esse sentido, referido por Lucila, é sustentado ainda pelo uso do véu de tinta. Marc Chagall (1887-1985) fez da cor do vinho o principal recurso de unidade tonal emergindo do fundo das pinturas que interpretam o poema. De 1957 a 1966, o artista pintou uma série de cinco telas que o tratavam como um canto de amor entre marido e esposa: "Quão formoso é o teu amor, minha irmã, minha esposa! Quanto melhor é o teu amor do que o vinho! E o perfume dos teus unguentos do que todos os temperos!". Chagall numerou as pinturas e as organizou para que fossem penduradas em sentido anti-horário no Museu de Belas Artes, em Nice. Isso foi destinado a comunicar a ideia de que o amor não está sujeito ao tempo linear.

In the first painting, the artist pays homage to his second wife, Valentina Brodsky, to whom he dedicates, within his own museum, the painting cycle dedicated to the poem: "To Vava, my wife, my joy and my lightness." In the second painting, the embracing couple, here in the lower right part, appears in all the paintings. The yellow and blue gazelles visible at the top left evoke the verse: "Your breasts are like two fawns, twins of a gazelle." The king is not depicted, but his presence is suggested with two allusions: his throne in the left corner of the canvas, and to the right, a bird playing a lyre. Vertically, on the right edge of the painting, we can see a city plunged into darkness and the silhouette of a young naked woman: in the *Song of Songs*, the bride searches for her beloved in the streets of Jerusalem at night (the episode chosen by Moreau). In the third painting, the young woman, here shown alone and naked, lying under a palm tree above Jerusalem. The king appears here flying near his throne, at the top right corner, in the form of a bird, as his music evokes that of birds and angels. In the center of the image, a man's head is a self-portrait of Chagall. The composition of the fourth painting, built upon three large rounded shapes that clearly evoke the breasts and womb of a woman, is also cut by a horizon line that divides the painting into two distinct halves. Chagall seems to have wanted to tell his own story in this painting: the representation of Jerusalem, in the center, is duplicated: above, the city resembles the town of Saint-Paul-de-Vence, with its walls; in the mirrored image, upside down, the city is Vitebsk, recognizable by its green-roofed sanctuary. The entire lower part of the painting, also upside down, evokes the artist's youth: the wandering Jew, carrying his bag on his shoulder, speaks of his exile; the embracing couple at the lower edge is he and Bella, his first wife. The upper part is a hymn to his new life in the South of France, and the couple in wedding attire under the canopy represents his second marriage to Vava, to whom the entire cycle is dedicated. In

No primeiro quadro, o pintor presta homenagem à sua segunda esposa, Valentina Brodsky, a quem ele dedica, dentro de seu próprio museu, o ciclo de pintura dedicado ao poema: "Para Vava, minha esposa, minha alegria e minha leveza". No segundo quadro, o casal abraçado, aqui na parte inferior direita, aparece em todas as pinturas. As gazelas amarelas e azuis visíveis no topo esquerdo evocam o verso: "Teus seios são como dois filhotes, gêmeos de gazela". O rei não é retratado, mas sua presença é sugerida com duas alusões: seu trono no canto esquerdo da tela e, à direita, um pássaro tocando uma lira. Verticalmente, na borda direita da pintura, podemos ver uma cidade mergulhada na escuridão e a silhueta de uma jovem mulher nua: no *Cântico dos Cânticos*, a noiva procura por seu amado nas ruas de Jerusalém à noite (o episódio escolhido por Moreau). No terceiro quadro, a jovem mulher, aqui mostrada sozinha e nua, deitada sob uma palmeira acima de Jerusalém. O rei aparece aqui voando perto de seu trono, no topo do canto direito, na forma de um pássaro, pois sua música evoca a dos pássaros e anjos. No centro da imagem, a cabeça de um homem é um autorretrato de Chagall. A composição do quarto quadro, construída sobre três grandes formas arredondadas que claramente evocam os seios e o ventre de uma mulher, também é cortada por uma linha do horizonte que divide a pintura em duas metades distintas. Chagall parece ter querido contar sua própria história nesta pintura: a representação de Jerusalém, no centro, é duplicada: acima, a cidade se assemelha à cidade de Saint-Paul-de-Vence, com suas muralhas; na imagem espelhada, de cabeça para baixo, a cidade é Vitebsk, reconhecível por seu santuário de telhado verde. Toda a parte inferior da pintura, também de cabeça para baixo, evoca a juventude do artista: o judeu errante, carregando sua bolsa no ombro, fala de seu exílio; o casal abraçado na borda inferior é ele e Bella, sua primeira esposa. A parte superior é um hino à sua nova vida no Sul da França, e o casal em trajes de casamento sob o dossel representa seu segundo casamento com Vava, a quem

the fifth painting, the composition is set around two hills. Each evokes a city: to the right, Chagall's hometown, Vitebsk (again recognizable by its green-domed cathedral), and to the left, Jerusalem. To avoid confusion, the artist added, on the far left, King David's throne, surrounded by lions of the tribe of Judah, displaying the name "Jerusalem" in Hebrew. In a sky filled with dancing figures, a brightly colored sun in the shape of the Star of David stands out. It dominates the entire left side of the canvas. The long purple silhouette of David is crowned with a bird's head, again because his song evokes that of birds and angels. He moves through the sky towards a bride surrounded by flowers and fruits – a promise that there will be descendants from the encounter. The vineyard is the source of wine, just as a lover's body is a source of pleasure for the other. It is in a vineyard that the maiden wishes to surrender to her lover. If the vineyard is to produce fruit for its owner, it must – as the verse says – be well-guarded. The vineyard is surrounded by a wall, and around it are watchtowers.

Lucila draws two leafy trees in front of an enclosed garden or grove with transparent walls, revealing what lies within. Outside, she etches the words "Let my beloved come into his garden and eat its choice fruits" (*Song of Songs*, 4:16). The text, engraved on the front and lower part of the enclosure, suggests that to enter this precinct, one must lift their gaze, directing it towards the center of the representation. The movement of looking up and down, forward and backward, suggests a kind of dance that challenges us to exercise attention when observing an engraving. In an era where people are often glued to cellphone screens and devices connected to social networks, carefully noticing things and discovering in them non-obvious connections requires availability, discipline, and constant practice. Thus, the "exercises for the apprehension of a poem" are directed not only at the poem itself but also at the

todo o ciclo é dedicado. No quinto quadro, a composição é ambientada ao redor de duas colinas. Cada uma evoca uma cidade: à direita, a cidade natal de Chagall, Vitebsk (novamente reconhecível por sua catedral de cúpula verde), e, à esquerda, Jerusalém. Para evitar confusão, o artista adicionou, no extremo esquerdo, o trono do Rei Davi, cercado por leões da tribo de Judá, exibindo o nome "Jerusalém" em hebraico. Em um céu repleto de figuras dançantes, destaca-se um sol brilhantemente colorido na forma da Estrela de Davi. Ele domina todo o lado esquerdo da tela. A longa silhueta roxa de Davi é coroada com uma cabeça de pássaro, novamente porque seu canto evoca o de pássaros e anjos. Ele se move pelo céu em direção a uma noiva cercada por flores e frutas – uma promessa de que haverá descendentes do encontro. A videira é a fonte do vinho, assim como o corpo de um amante é fonte de prazer para o outro. É numa vinha que a donzela deseja se entregar ao seu amante. Se a vinha vai produzir fruto para o seu dono, deve – como diz o verso – guardá-la bem. A vinha é cercada por um muro e ao redor dela estão torres de vigia.

Lucila desenha duas árvores frondosas em frente a um jardim cercado ou bosque com muros transparentes, revelando o que há dentro dele. Do lado de fora, ela grava as palavras "Virá meu amigo para seu jardim e comerá de seus frutos deliciosos" (*Cântico*, 4:16). O texto, gravado na parte frontal e inferior do cercado, sugere que para adentrar esse recinto, é necessário elevar o olhar, direcionando-o ao centro da representação. O movimento do olhar para cima e para baixo, para frente e para trás, sugere uma espécie de dança que nos desafia a exercitar a atenção ao observar uma gravura. Em uma era na qual as pessoas estão frequentemente fixadas em telas de celulares e dispositivos conectados às redes sociais, perceber cuidadosamente as coisas e descobrir nelas conexões não óbvias exige disponibilidade, disciplina e prática constante. Assim, os "exercícios para a apreensão de um poema" não se

engraving, or rather, at the essential condition for being able to understand artistic language, its subtleties, and intermediations. In the interpretation that the artist makes of the episode chosen by Gustave Moreau, the abduction of Shulamite by drunken soldiers, the young woman (apparently already violated) is prostrate on the ground, curled up on herself, while above her the phrase "I sought him but I did not find him; I called him but he did not answer me!" emerges. The emphasis on the negative, NOT, highlighted in uppercase with a shadow that vibrates behind the word, underlines the fundamental principle relative to women's rights, in a country like Brazil, where femicide rates are still alarming. The artist thus updates, in her engraving, one of the themes present in the poem, humanizing it in the face of a distressing and cruel social reality. But she does not do so in an engaged manner, committed to delivering a utilitarian message, but rather by contemplating the structure and nuances of the poem and the internal demands of art itself. Observing the entire series presented here, it's apparent how Lucila Sartori was intoxicated by the book, which led her to face the challenge of these attempts at apprehension (understanding, enchantment?). Her reading experience is indeed singular, as will be the singular experience of each viewer in front of these engravings. The artist's encounter with her viewer is also a form of romance, of sharing something that makes them look in the same direction, at the images that the *Song of Songs* evokes or allows to be made visible. Gustave Moreau said: "When it comes to a work of the imagination, one must only love, dream a little, and refuse to be satisfied — on the pretext of simplicity — with the obvious."

Luiz Armando Bagolin

dirigem apenas ao poema em si, mas também à gravura, ou melhor, à condição essencial para que se possa entender a linguagem artística, suas sutilezas e intermediações. Na interpretação que a artista faz do episódio escolhido por Gustave Moreau, o rapto de Sulamita pelos soldados embriagados, a jovem (aparentemente já violada) encontra-se prostrada no chão, encurvada sobre si mesma, enquanto acima dela surge a frase "Procuro-o e NÃO o encontro! Chamo-o e NÃO me responde!". A ênfase na negativa, NÃO, destacada em caixa alta com uma sombra que vibra atrás da palavra, ressalta o princípio fundamental relativo ao direito das mulheres, em um país como o Brasil, onde os índices de feminicídio ainda são alarmantes. A artista atualiza, assim, em sua gravura, um dos temas presentes no poema, humanizando-o diante de uma realidade social aflitiva e cruel. Mas não o faz de forma engajada, comprometida com a emissão de uma mensagem utilitária, antes o faz contemplando a estrutura e as nuances do poema e as demandas internas da própria arte. Ao observar toda a série aqui apresentada, percebe-se como Lucila Sartori ficou inebriada pelo livro, o que a levou a enfrentar o desafio dessas tentativas de apreensão (compreensão, encantamento?). Sua experiência de leitura é, de fato, singular, assim como será singular a experiência de cada espectador diante dessas gravuras. O encontro da artista com seu espectador também é uma forma de romance, de compartilhamento de algo que os faz olhar na mesma direção, para as imagens que o *Cântico dos Cânticos* suscita ou permite tornar visíveis. Gustave Moreau dizia: "Quando se trata de uma obra da imaginação, deve-se apenas amar, sonhar um pouco e recusar-se a ficar satisfeito — sob pretexto de simplicidade — com o óbvio."

Luiz Armando Bagolin

BEIJA ME COM BEIJOS DE TUA BOCA
CÂNTICO I, 2

O REI ME CONDUZIU À SEUS
RECINTOS
REJUBILEMOS E NOS ALEGREMOS
NELE
INTERIORES
CELEBREMOS SEU AMOR MAIS QUE AO VINHO
ESTÃO CERTAS AQUELAS QUE O AMAM

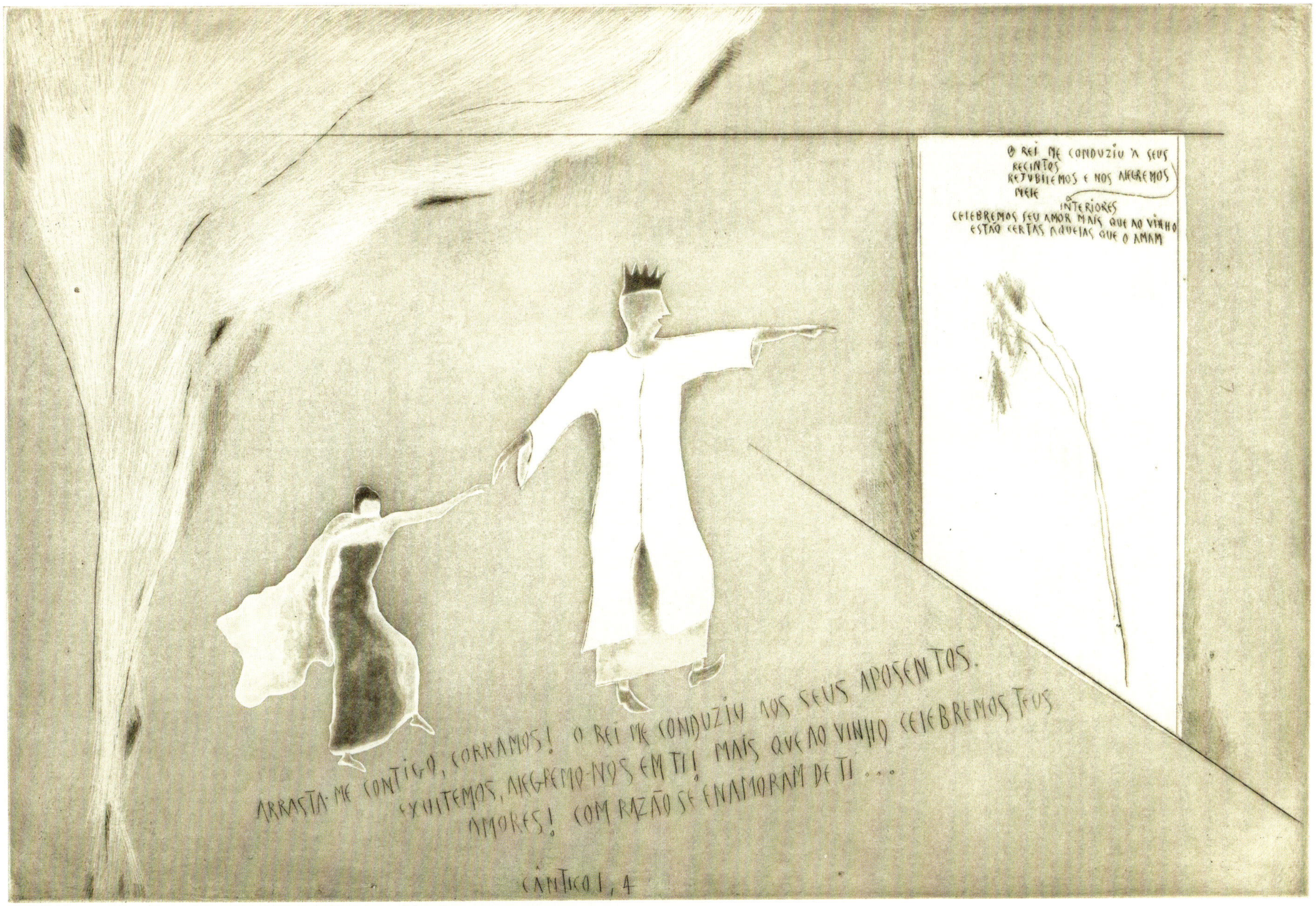
O REI ME CONDUZIU A SEUS RECINTOS
REJUBILEMOS E NOS ALEGREMOS NELE
INTERIORES
CELEBREMOS SEU AMOR MAIS QUE AO VINHO
ESTÃO CERTAS AQUELAS QUE O AMAM
ARRASTA-ME CONTIGO, CORRAMOS! O REI ME CONDUZIU AOS SEUS APOSENTOS.
EXULTEMOS, ALEGREMO-NOS EM TI! MAIS QUE AO VINHO CELEBREMOS TEUS
AMORES! COM RAZÃO SE ENAMORAM DE TI ...
CÂNTICO I, 4

EXERCÍCIOS PARA A APREENSÃO DE UM POEMA

> Ó pregador, até quando clamarás dos tetos
> e baterás à porta alheia?
> Olha para o interior da tua própria casa.
> Já falaste do amor em demasia
> – agora torna-te amante, sê o amado!
>
> Jalal ud-Din Rumi, *Poemas Místicos*

As imagens que ora apresento são resultado de meu convívio, nos últimos trinta e cinco anos, com o poema bíblico *Cântico dos Cânticos*. Fui capturada pela beleza desse enigmático texto cujo autor desconhecido tece, através de metáforas e imagens líricas, uma história de amor.

Ao nos aproximarmos dessa obra pela primeira vez, percebemos seu caráter misterioso; somos lançados sem nenhum preâmbulo à plena ação dos protagonistas Sulamita e Salomão. Apresentando uma estrutura cíclica onde as falas se repetem como ostinato, celebrando a beleza dos amantes, o texto intriga e emociona por sua forma metafórica veloz e fugidia de dizer a grande aliança de amor de que trata o poema. O caráter ágil, rítmico e musical do texto, faz pensar em palavras cantadas, canções, como o próprio título indica. Segundo alguns estudiosos da obra, teria origem em cantos nupciais da tradição persa, egípcia, suméria e síria entoados em cerimônias matrimoniais e, primordialmente, em rituais sagrados agrários ligados à fertilidade da terra. Oposições como encontro-desencontro, ausência-presença, união-separação, júbilo-sofrimento conferem dramaticidade ao poema que nos conta do desejo de união de dois seres apartados.

EXERCISES FOR APPREHENDING A POEM

O preacher, how long will you cry from the rooftops
and knock on other people's doors?
Look within your own home.
You have already spoken too much about love
– now become a lover, be the beloved!

Jalal ud-Din Rumi, *Mystical Poems*

The images I present here are the result of my experience over the last thirty-five years with the biblical poem *Song of Songs*. I was captured by the beauty of this enigmatic text whose unknown author weaves, through metaphors and lyrical images, a love story.

When approaching this work for the first time, we realize its mysterious character; we are launched without any preamble into the full action of the protagonists Shulamite and Solomon. By presenting a cyclical structure in which the lines are repeated as an ostinato, celebrating the beauty of the lovers, the text intrigues and excites due to its fast and fleeting metaphorical way of telling the great alliance of love that the poem deals with. The agile, rhythmic and musical character of the text evokes sung words, songs, as the title itself indicates. According to some scholars, it originated in wedding songs from the Persian, Egyptian, Sumerian and Syrian traditions sung in marriage ceremonies and, primarily, in sacred agrarian rituals linked to the fertility of the land. Oppositions such as encounter-mismatch, absence-presence, union-separation, joy-suffering give drama to the poem, which tells us about the desire for union between two separate beings.

The *Song* is difficult to grasp, and its mystical and poetic quality challenges our logical and linear understanding, leaving us with an uncomfortable feeling of impotence. I have been focusing on the Song since 1987, allowing this evocative quality of the words to resonate, but finding it immensely difficult to understand some excerpts that seemed insurmountable to me. Much later, the first images appeared and, for four years, I worked on the first series of engravings. Had it not been for the help of scholars who I still refer to – researchers who, out of pure enchantment, dedicated their lives to trying to understand this work – I could not have overcome these points of obscurity that distressed me in this process.

Many authors have written about the literal meaning of the poem in a naturalistic view, contemplating the two beloveds immersed in their love and eroticism wanderings, enjoying pure bliss in fusion with a friendly nature. Others, following the desire to go beyond what is visible in the lyrics, constructed their interpretations allegorically, highlighting correspondences between the situations experienced in the poem by Shulamite and Solomon, and the historical events narrated in the Old Testament.

Theologians and mystics of Alexandria in the first centuries of the Christian era adopted the rabbis' method of allegorical reading and, in their own way, thought of this book as a dialogue between Christ and the Church. For some, using a key of interpretation that brings the *Song*'s theme closer to the events of the life of Jesus in the New Testament, Shulamite would be the personal human soul in search of transcendence, in spiritual asceticism directed towards the conquest of the virtues that lead to the fullness of the Self.

Being Shulamite the queen of Sheba, as some think, or even Belkis, who appears in Islamic accounts, or the people of Israel or the Church, the metaphor for each of these exegetical plans is that of the bride who will come "adorned with pure gold of Ophir" to unite with her beloved.

O *Cântico* é de difícil apreensão e sua qualidade mística e poética desafia nosso entendimento lógico e linear, deixando-nos com a desconfortável sensação de impotência. Tenho me debruçado sobre os cânticos desde 1987, permitindo ressoar essa qualidade evocativa das palavras, mas encontrando imensa dificuldade de entendimento de alguns excertos que me pareciam intransponíveis. Muito mais tarde, apareceram as primeiras imagens e durante quatro anos trabalhei na primeira série das gravuras. Não fora o auxílio dos estudiosos, que ainda frequento – pesquisadores que, por puro encantamento, dedicaram suas vidas na tentativa de apreender essa obra – não poderia ter superado esses pontos de obscuridade que me angustiaram nesse processo.

Muitos autores escreveram sobre o sentido literal, em uma visão naturalista, contemplando os dois amados imersos em suas errâncias de amor e erotismo, gozando de pura bem-aventurança em fusão com uma natureza amigável. Outros, no desejo de ir além do visível da letra, construíram alegoricamente suas interpretações, ressaltando correspondências entre as situações vividas no poema por Sulamita e Salomão e os acontecimentos históricos narrados no Antigo Testamento.

Teólogos e místicos da Alexandria dos primeiros séculos da era cristã adotaram o método de leitura alegórica dos rabinos e, à sua maneira, pensaram esse livro como um diálogo entre Cristo e a Igreja. Para alguns, fazendo uso de uma chave de interpretação que aproxima o tema do *Cântico* aos acontecimentos da vida de Jesus no Novo Testamento, Sulamita seria a alma humana pessoal em busca de transcendência, em ascese espiritual direcionada à conquista das virtudes que levam à plenitude do Si mesmo.

Seja Sulamita a rainha de Sabá como pensam alguns, ou mesmo Belkis, que aparece nos relatos islâmicos, ou povo de Israel ou igreja, a metáfora para cada um desses planos exegéticos é a da noiva, que virá "adornada de puro ouro de Ofir" unir-se a seu amado.

Other contemporary commentators on the *Song* read it from a sociological perspective, showing the structure of customs in force at the time of King Solomon, especially regarding his relationships with women, his harems and wives, in which the poem is set. These commentators are almost unanimous when considering the dating and authorship of the text which, unlike the first exegetes, who attributed the book to Solomon, understand that it was written by an unknown author between the 5th and 3rd centuries BC, coeval with Greek classicism, when Sophocles offered his Oedipus Rex to the world. Alternatively, it would be a series of compilations of oral tradition passed on over time. One of the commentators, who will be cited throughout this text, even created a map of the geographic location of the *Song*, using as a reference the names of the places that appear in it, taking the region of Palestine as a certainty.

For me, the poem represents beauty, consideration for nature and the personal process of individuation which, overcoming the violence of existing, expands the capacity for love, enabling a spiritual journey that allows one to sustain paradoxes and reach, in overcoming opposites, the path to wholeness.

It is peace, evoking the time of Solomon, the Peaceful, a king who knew, through his wisdom, how to build friendship and cordiality with neighboring peoples, contrary to what, perplexed and saddened, we see today in the reports about that same land. And it is also peace due to the roots of the names Shulamite, Solomon and Jerusalem, the Hebrew root *slm*, the same as *shalom*.

It is a Sofianic text that evokes *Shekinah*, *Sophia*, Wisdom, the feminine presence of God symbolized by the figure of the bride. Marcia Falk tells us that: "Females speak over half the lines in the *Song* — an exceptionally large proportion for a biblical text — and, even more remarkably, they speak out of their own experiences and imaginations, in words that do not seem filtered through the lens of patriarchal consciousness (good reasons to presume that women contributed significantly to the oral composition of the Song".

Outros comentadores contemporâneos do *Cântico* fazem uma leitura de viés sociológico mostrando a estrutura dos costumes vigentes na época do rei Salomão, especialmente no que toca às suas relações com as mulheres, seus haréns e esposas, na qual o poema está ambientado. São quase unânimes ao considerar a datação e autoria do texto que, ao contrário dos primeiros exegetas, que atribuíam o livro a Salomão, entendem ter sido escrito por autor desconhecido entre os séculos V e III a.C., coetâneo ao classicismo grego, quando Sófocles oferecia ao mundo seu Édipo-Rei, ou ainda, seria uma série de compilações da tradição oral transmitida ao longo do tempo. Um dos comentadores, que será citado ao longo deste texto, chegou a construir um mapa da localização geográfica do *Cântico*, tendo como referência os nomes dos lugares que aí aparecem, dando como certa a região da Palestina.

Para mim, o poema representa beleza, consideração pela natureza, e processo pessoal de individuação que, superando as violências do existir, dilata a capacidade amorosa viabilizando um percurso espiritual que permite sustentar paradoxos e alcançar, na ultrapassagem dos opostos, a via da inteireza.

É paz, evocando a época de Salomão, o Pacífico, rei que soube, por sua sabedoria, construir amizade e cordialidade junto aos povos vizinhos, ao contrário do que, perplexos e compungidos, assistimos hoje nos relatos sobre aquela mesma terra. E é paz também, pela raiz dos nomes Sulamita, Salomão e Jerusalém, raiz hebraica *slm*, mesma de *shalom*.

É um texto Sofiânico que evoca *Shekiná*, *Sophia*, a Sabedoria, presença feminina de Deus simbolizada pela figura da noiva. Marcia Falk nos diz: "No *Cântico*, a voz feminina se faz notar em mais da metade dos versos — em uma proporção excepcionalmente grande para um texto bíblico — e, ainda mais notável, manifestando suas experiências e imaginações em palavras que não parecem ter sido filtradas por lentes da consciência patriarcal (boa razão para presumirmos que as mulheres contribuíram significativamente na composição oral do poema)".

Nature is also an object of consideration and respect. In the poem, nothing denotes a thirst for domination and instrumentalization of the natural environment by human force. The relationship is one of communion.

Appreciation for the body, far from moralistic puritanism that is suspicious of the sensitive aspect of existence, participates in respect for nature. There is no sign of subjection between the loved ones, nor of their dominance over the landscape that surrounds them.

For me, the human reality that places us in becoming, the search for union in Love, a force that unites the loved ones and also separates them, that brings joy and anguish as it expands, is really the greatest protagonist of the poem. The *Song* is not the story of a love; it is rather the story of loving, that possibility for every human who yearns, desires and envisions a space of freedom to perceive, feel, think and act in a fair way. For that reason, I also see the figure of Justice in the work.

David-Marc d'Hamonville tells us that "the relationship that unites the two lovers is the central theme of the *Song*, the object of an incessant dialogue, a relationship that is never isolated from the world around them, nor is the dialogue confined and isolated in a mental, reflective sphere. On the contrary. The nature that surrounds them is the permanent mediation of their relationship, it is its frame and also its model; illustration, as the portraits they make of each other amply show. Creation is exalted in this song of love. The universe of the *Song* is a layered universe where realities interpenetrate. Landscapes parade before our eyes. The cosmic world, represented by the sun, the moon, the night, the dawn, rains and winds, the passage of the seasons, houses a mineral, geological world: mountains, hills, valleys, steep rocks from which springs and fountains gush… These geological spaces are not bare and empty, but covered with vegetation that outlines varied territories: forests, cedars and cypresses, pastures, vineyards and woods, apple trees, fig

Também a Natureza é objeto de consideração e respeito; no poema nada denota sede de domínio e instrumentalização do ambiente natural pela força humana. A relação é de comunhão.

O apreço pelo corpo, longe do puritanismo moralista e desconfiado do aspecto sensível da existência, participa do respeito à natureza. Não há nenhum sinal de sujeição entre os bem-amados, nem de domínio destes no que se refere à paisagem que os circunda.

Para mim a realidade humana que nos coloca em devir, a busca da união no Amor, força que une os amados e também os separa, que alegra e angustia ao dilatar-se, é mesmo a maior protagonista do poema. O *Cântico* não é a história de um amor, é antes a história do amar, essa possibilidade para todo o humano que anseia, deseja e que vislumbra um espaço de liberdade para perceber, sentir, pensar e agir de forma justa. Portanto, também vejo na obra a figura da Justiça.

David-Marc d'Hamonville diz-nos que "a relação que une os dois enamorados é bem o tema central do *Cântico*, objeto de um diálogo incessante, relação que não é jamais recortada do mundo que os rodeia, nem o diálogo confinado e isolado em uma esfera reflexiva, mental. Ao contrário. A natureza que os envolve é a mediação permanente de seu relacionamento, ela é moldura e também seu modelo, ilustração, como mostram largamente os retratos que fazem um do outro. A Criação é exaltada nesse canto de amor. O universo do *Cântico* é um universo em camadas onde as realidades se interpenetram. Paisagens desfilam aos nossos olhos. O mundo cósmico, presentificado pelo sol, lua, pela noite pela aurora, chuvas e ventos, pela passagem das estações, abriga um mundo mineral, geológico: montanhas, colinas, vales, rochedos escarpados de onde jorram nascentes e fontes… Esses espaços geológicos não são nus e vazios, mas revestidos de uma vegetação que desenha territórios variados: florestas, cedros e ciprestes, pastagens, vi-

trees, pomegranate trees and even the green of the meadows carpeted with lilies which are, without a doubt, not the precious lilies of our florists, but rather the small red flowers that, alongside the narcissus, dress the valleys of Palestine in spring. The greenery in turn becomes a frame and place for animal life, which is even more characterized: goats and sheep, on the domestic side, gazelles and deer on the wild side and, stealthily, some predators sensed in the distance. In the sky, no more than doves... Then, at the center of this animal life, yet another world, the human, the man and the woman, a couple in dialogue, inhabited by the word that itself creates the poem. In this word, at the heart of this human life, the engine of its relationship, an absence or a desire, a lack, a soul, a space for God. Love?". Love represented by Christ, the Prince of Peace, the meek and humble of heart?

These elements also make an appearance in the engravings. Mountains, hills, various trees, some animals, birds that, by poetic license, are peacocks, and not doves; and small, almost invisible birds, resting on the fences of the closed gardens. And, in the gardens, bodies entwined, united by words.

The enclosed garden is the place where the meetings take place. d'Hamonville reiterates that gardens, a cultural element built by human hands, would come from the Persian word *pardes*, which designates a luxuriant orchard, transcribed into Greek as *paradeisos*, garden of Eden, that comes to us as paradise, garden.

Far from the *Genesis* account, in which the primeval couple experiences the prohibition of the fruit, in the *Song*'s Paradise the couple is rewarded by the abundance of fruits that are freely and generously offered for their enjoyment.

Hidden garden, sealed fountain – metaphorical images of the physical and spiritual intimacy of the beloved as well as the protected and guarded interiority of their beings – also symbolize the bridal chamber where the mystical wedding takes pla-

nhedos e bosques, macieiras, figueiras, romãzeiras e até o verde dos prados atapetados de lírios que não são, sem dúvida, os lírios preciosos de nossas floristas, mas antes as pequenas flores vermelhas que, com os narcisos, vestem os vales da Palestina nas primaveras. A vegetação por sua vez se faz moldura e lugar para a vida animal, mais caracterizada ainda: cabras e ovelhas, do lado doméstico, gazelas e cervos do selvagem e, furtivamente, alguns predadores pressentidos ao longe. No céu, não mais que pombas... Depois, no centro dessa vida animal, um outro mundo ainda, o humano, o homem e a mulher, um casal em diálogo, habitados pela palavra que cria, ela mesma, o poema. Nesta palavra, no coração desta vida humana, motor de sua relação, uma ausência ou um desejo, uma falta, uma alma, um espaço para Deus. O Amor?". O Amor figurado por Cristo, o Príncipe da Paz, o manso e humilde de coração?

Também nas gravuras, esses elementos fazem sua aparição. Montanhas, colinas, árvores diversas, alguns animais, aves que, por licença poética, são pavões e não pombas; e pequeninos pássaros quase invisíveis, apoiados nas cercas dos jardins fechados. E nos jardins os corpos enlaçados unidos pelas palavras.

O jardim cerrado é o lugar onde os encontros acontecem e d'Hamonville reitera que jardim, elemento cultural construído por mãos humanas, viria da palavra persa *pardes* que designa um pomar luxuriante, transcrito para o grego como *paradeisos*, jardim do Éden, que nos chega como paraíso, jardim.

Longe do relato do *Gênesis*, onde o casal primevo vive a proibição do fruto, no Paraíso do *Cântico* o casal é brindado pela abundância de frutos que se oferecem gratuita e generosamente para a fruição.

Jardim recluso, fonte selada – imagens metafóricas da intimidade física e espiritual dos bem-amados, ao mesmo tempo que da interioridade protegida e guardada de seus seres – simbolizam também a câmara nupcial onde as bodas místicas se

ce. They are scenes of a happy and radiant sexuality, sacred, summit of the bodily senses summoned by the songs: sight, hearing, smell, taste, touch.

In this regard, d'Hamonville also says that "the specificity of touch among all bodily senses would be its necessarily reciprocal character: I can see without being seen, listen without being heard, but I cannot touch the other without the other touching me. This reciprocity is in fact an eminent dimension of the loving relationship. And that's why tact is so attractive: sexual abuse makes the denial of reciprocity manifest".

In opposition to the sacredness of the metaphor of the hidden garden and the sealed fountain, inviolable places in the composition of the poem, far from all voyeurism, the situation of the abuse suffered and reported in the first person by Shulamite is presented to the reader, a rupture that shocks us and takes us away from the cordial alternations of the speeches and meetings of the loved ones. To narrate this violence, the engraving shows a woman folded in on herself, an image of deep pain and despair, stripped of her dignity, "they beat me, they injured me, they took my cloak".

The exaltation of smell is given by the aromas that envelop the environments where the plot takes place. Trees of fragrant wood, incense, myrrh and cinnamon spread throughout the poem. "The kingdom of perfumes is the sensorial signature of the Song" (d'Hamonville).

I chose the technique of metal engraving to embody in the visible world the charms evoked by the poem. The transformation of the invisible into the visible takes place in the lowering of consciousness. It is necessary to be empty and available to participate in this metamorphosis and to be able to give way to the poetic operations that allow the construction of the work. From the beginning, I was surprised by the images that appeared in my engravings: Egyptian figures, women with

realizam. São cenários de uma sexualidade feliz e radiante, sagrada, ponto alto dos sentidos corporais convocados pelos cantos: visão, audição, olfato, paladar, tato.

Ainda d'Hamonville, a esse respeito, diz que "a especificidade do tato entre todos os sentidos corporais seria seu caráter obrigatoriamente recíproco: eu posso ver sem ser visto, escutar sem ser ouvido, mas não posso tocar o outro sem que o outro me toque. Essa reciprocidade é de fato uma dimensão eminente da relação amorosa. E é por isso que o tato atrai tanto: o abuso sexual torna manifesta a negação da reciprocidade".

Em oposição à sacralidade da metáfora do jardim recluso e da fonte selada, lugares indevassáveis na composição do poema, distante de todo voyeurismo, apresenta-se à nossa leitura a situação do abuso sofrido e relatado em primeira pessoa por Sulamita, ruptura que nos choca e nos retira das alternâncias cordiais das falas e encontros dos amados. Para dizer dessa violência a gravura mostra uma mulher dobrada sobre si mesma, imagem de profunda dor e desespero, despida de sua dignidade, "bateram-me, feriram-me, tiraram-me o manto".

A exaltação do olfato é dada pelos aromas que envolvem os ambientes onde a trama acontece. Árvores de madeiras perfumadas, incensos, mirra, canela rescendem por todo o poema. "O reino dos perfumes é a assinatura sensorial dos cânticos" (d'Hamonville).

Escolhi a técnica da gravura em metal para concretizar no mundo visível os encantos que o poema evocava. A transformação do invisível no visível se dá no rebaixamento da consciência. É preciso estar vazio e em disponibilidade para participar dessa metamorfose e poder dar passagem às operações poéticas que permitem a construção do trabalho. Desde o princípio me surpreenderam as imagens que fizeram aparição em minhas gravuras: figuras egípcias, mulheres de rostos

veiled faces, Moroccan babouches, veils, figures taken from an ancient oriental world, the time of One Thousand and One Nights, of archetypal cultures. Full of material resources, the metal engraving technique (copper, in this case) gives body to the ideas that arise when a theme or object comes into the focus of the engraver's attention. The work of the hands, in communion with the materiality involved in the procedures, requires patience, waiting and respect for the peculiar conditions of each element that participates in that operation.

In the demanding labor of engraving, it is essential to understand the laws that govern the chosen processes, their temporality, their behaviors, and it is necessary to dwell within them. The fire, the rosin, the acids that corrode the copper plate and the tools of direct use that cut it require attention and knowledge. These actions, for me, happen in a meditative state of wholeness, pure flowing from a field that receives and sustains epiphanies. An experience of silent prayer.

The intellect participates in the acquisition and use of technical knowledge, but withdraws from the processes of poetic transformation. I feel that, when I give up putting myself at the forefront of the conception and construction of a work, without losing the will that moves me, leaving my desire in suspense, a new meaning appears, one that was not yet present. What is being built is surprising, as it is never an exact match to what was conceived, and it illuminates the next step. The meaning of this making begins to present itself both in the field of feeling and in the sense of pointing a direction. The beauty of poetic making is the experience of wonder at something new that presents itself through the work of one's hands. This transformative making of matter, operated by knowledge and sensitivity, brings an affective condition of extreme joy. The agent of the poetic operation is constituted by it. They make themselves in the making.

velados, babuchas marroquinas, véus, figuras saídas de um mundo antigo oriental, tempo das mil e uma noites, de culturas arquetípicas. Plena de recursos materiais, a técnica da gravura em metal, no caso o cobre, dá corpo às ideias que ocorrem quando um tema ou objeto entra no foco de atenção do gravador. O trabalho das mãos, em comunhão com a materialidade envolvida nos procedimentos, exige paciência, espera e respeito às condições peculiares de cada elemento que participa dessa operação.

No ofício exigente do gravar, é fundamental a compreensão das leis que regem os processos escolhidos, sua temporalidade, seus comportamentos, e se faz preciso habitá-los. O fogo, o breu, os ácidos que corroem a placa de cobre e as ferramentas de uso direto que a cortam, pedem atenção e conhecimento. Essas ações para mim acontecem em estado meditativo de inteireza, puro fluir de um campo que recebe e sustenta epifanias. Uma experiência de prece, de oração silenciosa.

O intelecto participa na aquisição e utilização do conhecimento técnico mas se retira nos processos de transformação poética. Sinto que quando abdico de me colocar à frente da concepção e construção de um trabalho, sem perder a vontade que me move, deixando em suspenso meu querer, um novo sentido aparece que não estava presente ainda. O que está sendo construído surpreende, pois nunca corresponde exatamente ao concebido, e ilumina o passo seguinte. O sentido desse fazer começa a se apresentar tanto no campo do sentir como em seu significado de apontar uma direção. A beleza do fazer poético é a experiência do maravilhamento diante de uma novidade que se apresenta pelo trabalho das mãos. Esse fazer transformador da matéria, operado pelo conhecimento e pela sensibilidade, traz uma condição afetiva de extrema alegria. O sujeito da operação poética é constituído por ela. Em fazendo, se faz.

The engraving processes allow not only making, but remaking a drawing; by overlapping lines through the erasure of previously placed signs, it becomes possible to achieve shadows that appear in the graphic space, bringing depth and warmth to the image.

From the beginning I took hold of this procedure, engraving and re-engraving, making, unmaking and remaking, and after extensive familiarity with this practice, I began to realize the congruence that exists between these procedures and the poem with which I had been living.

I would then draw a line and, in the attempt to erase it, out of regret or desire, I would leave traces of it. Layers of erasures and new overlapped drawings – pentimentos – resulted in a certain visual depth, suggesting a remote and silent temporality.

I related this way of operating to experiences arising from readings of those who commented on the Song and gave me interpretations that mingled in my mind, evoking a profusion of overlaying images. Still in search of correspondences with the text, I see that the mists of a distant time that I sense in this poetry appear in the engravings as faint stains created by the lavis and aquatint procedure, evoking indefiniteness and mystery.

In this work, I did not seek an interpretation project or even an illustration of the songs. I faced the words and everything they evoked. I opened up to the countless comments and studies that I had access to over the years and they were all dear to me as they showed their views and illuminated possible meanings of the work in countless keys of understanding.

The *Song of Songs*, in its beauty, simplicity and spirituality, remains open and enigmatic.

Lucila Sartori

Os processos do gravar permitem também, além do fazer, refazer um desenho; operando sobreposição de traços por apagamentos de sinais já colocados, torna-se possível conseguir sombras que assomam no espaço gráfico trazendo profundidade e calor à imagem.

Desde o princípio apropriei-me desse procedimento, gravando e regravando, fazendo, desfazendo e refazendo e, depois de um convívio extenso com essa prática, fui percebendo a congruência que existe entre esses procedimentos e o poema com o qual convivia.

Desenhava então uma linha e, na tentativa de apagá-la, por arrependimento ou desejo, ia deixando vestígios. Camadas de apagamentos e novos desenhos sobrepostos – pentimentos – resultaram em certa profundidade visual sugerindo uma temporalidade remota e silenciosa.

Relacionei essa forma de operar às experiências advindas de leituras dos que comentaram o *Cântico* e deram-me interpretações que se misturavam em minha mente, gerando uma profusão de imagens sobrepostas. Ainda buscando correspondências com o texto, vejo que as brumas de um tempo longínquo que pressinto nessa poesia aparecem nas gravuras como tênues manchas construídas pelo procedimento do *lavis* e da água-tinta, evocando indefinição e mistério.

Procurei neste trabalho não um projeto de interpretação ou mesmo ilustração dos cantos. Enfrentei as palavras e tudo que elas evocavam. Abri-me aos inúmeros comentários e estudos a que tive acesso ao longo desses anos e todos me foram caros ao mostrarem suas visões e iluminarem possíveis significados da obra em inúmeras chaves de entendimento.

O *Cântico dos Cânticos,* pela sua beleza, simplicidade e espiritualidade continua aberto e enigmático.

Lucila Sartori

5 MOI, NOIRE,
HARMONIEUSE,
FILLES DE IEROUSHALAÏM
COMME TENTES DE QUÉ-
DAR, COMME TENTURE DE
SHELOMO.
6 NE ME VOYEZ PAS, MOI
LA NOIRÂTRE : OUI,
LE SOLEIL EN MOI S'EST
MIRÉ..
LES FILS DE MA MÈRE
ONT BRÛLÉ CONTRE MOI;
ILS M'ONT MISE GARDIEN-
NE DE VIGNOBLES.
MON VIGNOBLES
À MOI, JE NE L'AI PAS
GARDÉ!

MOI, NOIRE,
HARMONIEUSE,
FILLES DE IEROUSHALAÏM
COMME TENTES DE QÉ-
DAR, COMME TENTURES DE
SHELOMO
NE ME VOYEZ PAS, MOI
LA NOIRÂTRE : OUI,
LE SOLEIL EN MOI S'EST
MIRÉ
LES FILS DE MA MÈRE
ONT BRÛLÉ CONTRE MOI,
ILS M'ONT MISE GARDIEN-
NE DE VIGNOBLES
MON VIGNOBLES
À MOI, JE NE L'AI PAS
GARDÉ !

DE JERUSALEM

ARDEI
COMO AS TENDAS DE CEDAR COMO OS
ENDO-ME GUARDAR AS VINHAS, E MINHA

SOU MORENA, MAS FORMOSA, Ó FILHAS DE JERUSALÉM, COMO AS TENDAS DE CEDAR, COMO OS PAVILHÕES DE SALOMÃO. NÃO OLHEIS EU SER MORENA: FOI O SOL QUE ME QUEIMOU;
OS FILHOS DE MINHA MÃE SE VOLTARAM CONTRA MIM, FAZENDO-ME GUARDAR AS VINHAS, E MINHA VINHA, A MINHA... EU NÃO PUDE GUARDAR
CÂNTICO I, 5 6

Between my breasts he'll lie –
sachet of spices,
spray of blossoms plucked
from the oasis.

Meu amado é para mim um ramo de mirra, repousa entre meus seios. (Ct 1; 13)

RESPONDE MEU AMADO E ME DIZ
COMPANHEIRA
BELA

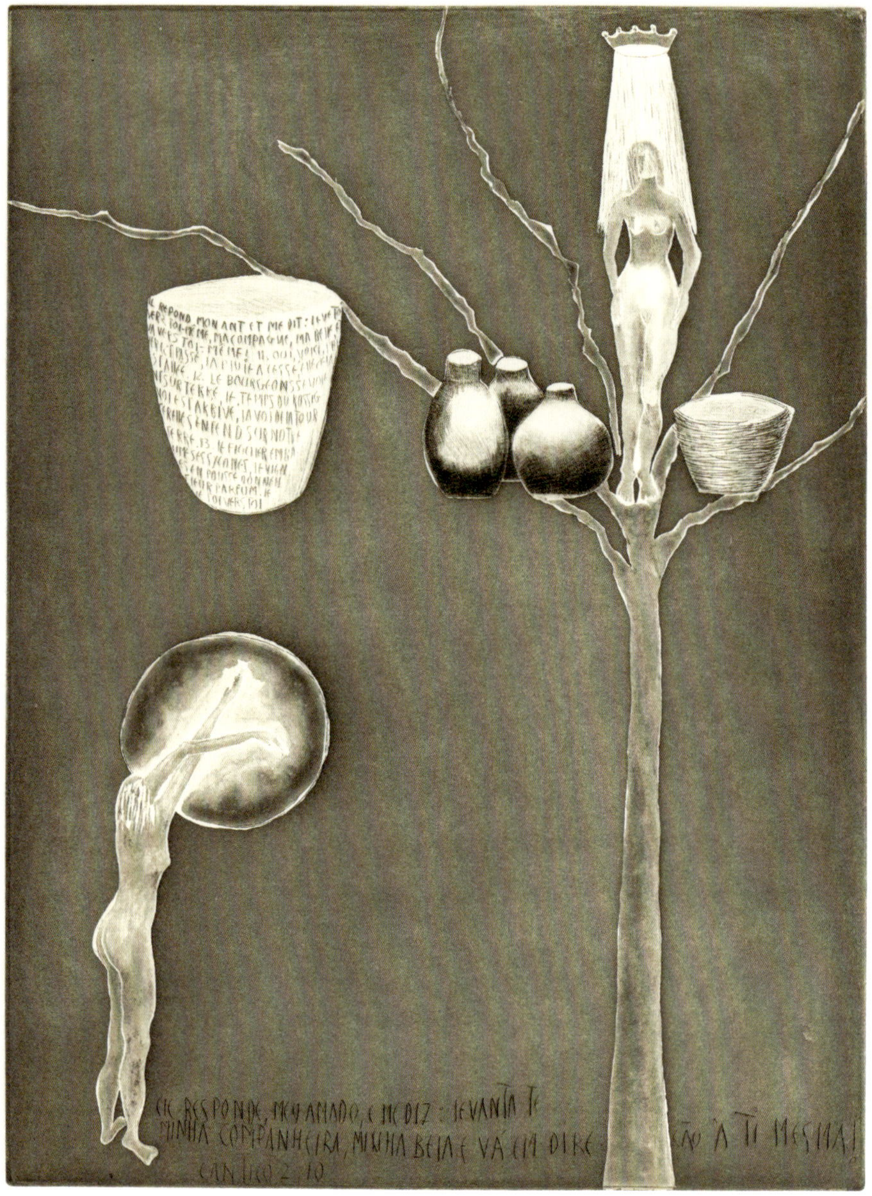
ELE RESPONDE, MEU AMADO, E ME DIZ: LEVANTA-TE
MINHA COMPANHEIRA, MINHA BELA E VÁ EM DIREÇÃO À TI MESMA!
CANTICO 2:10

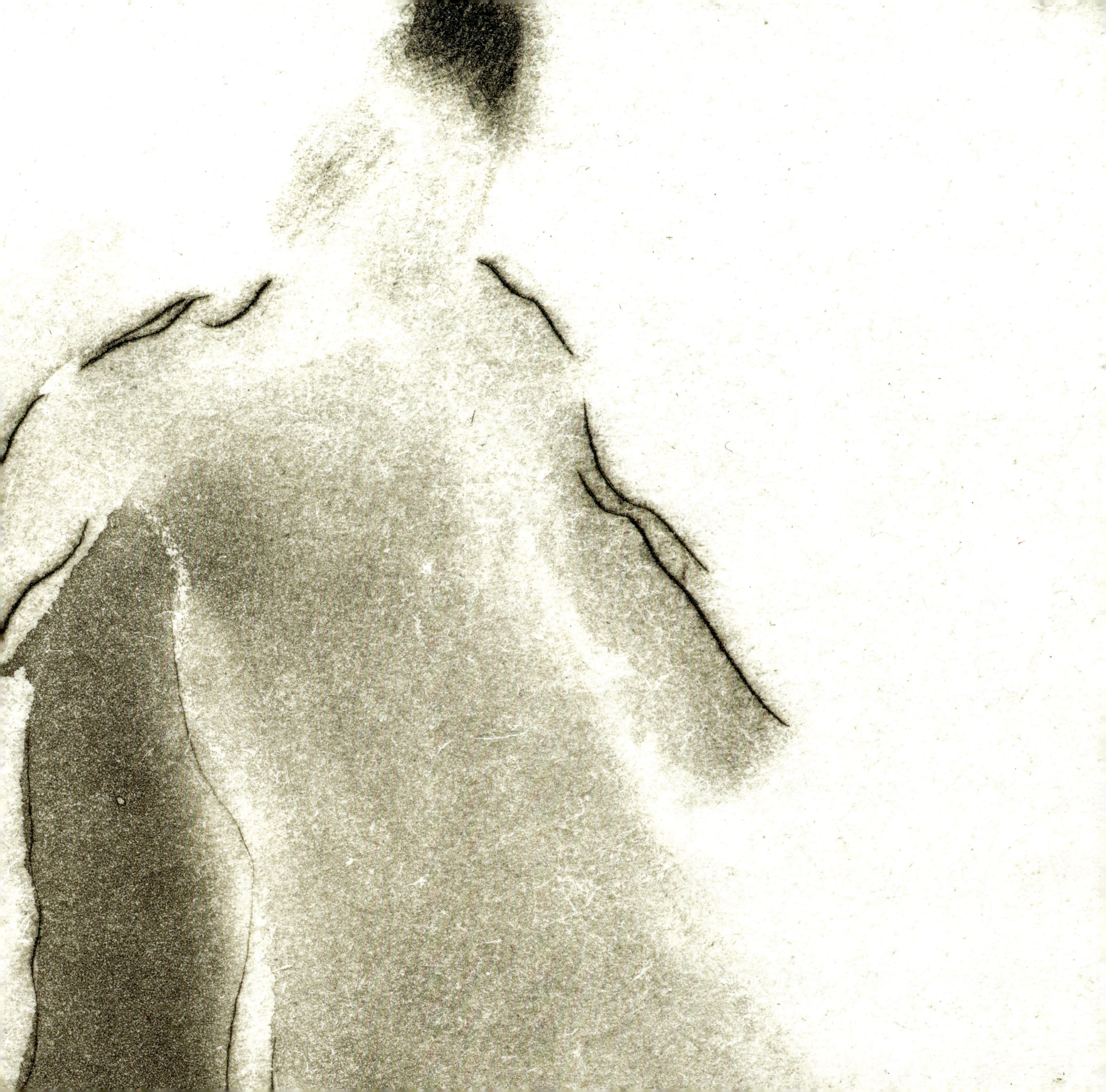

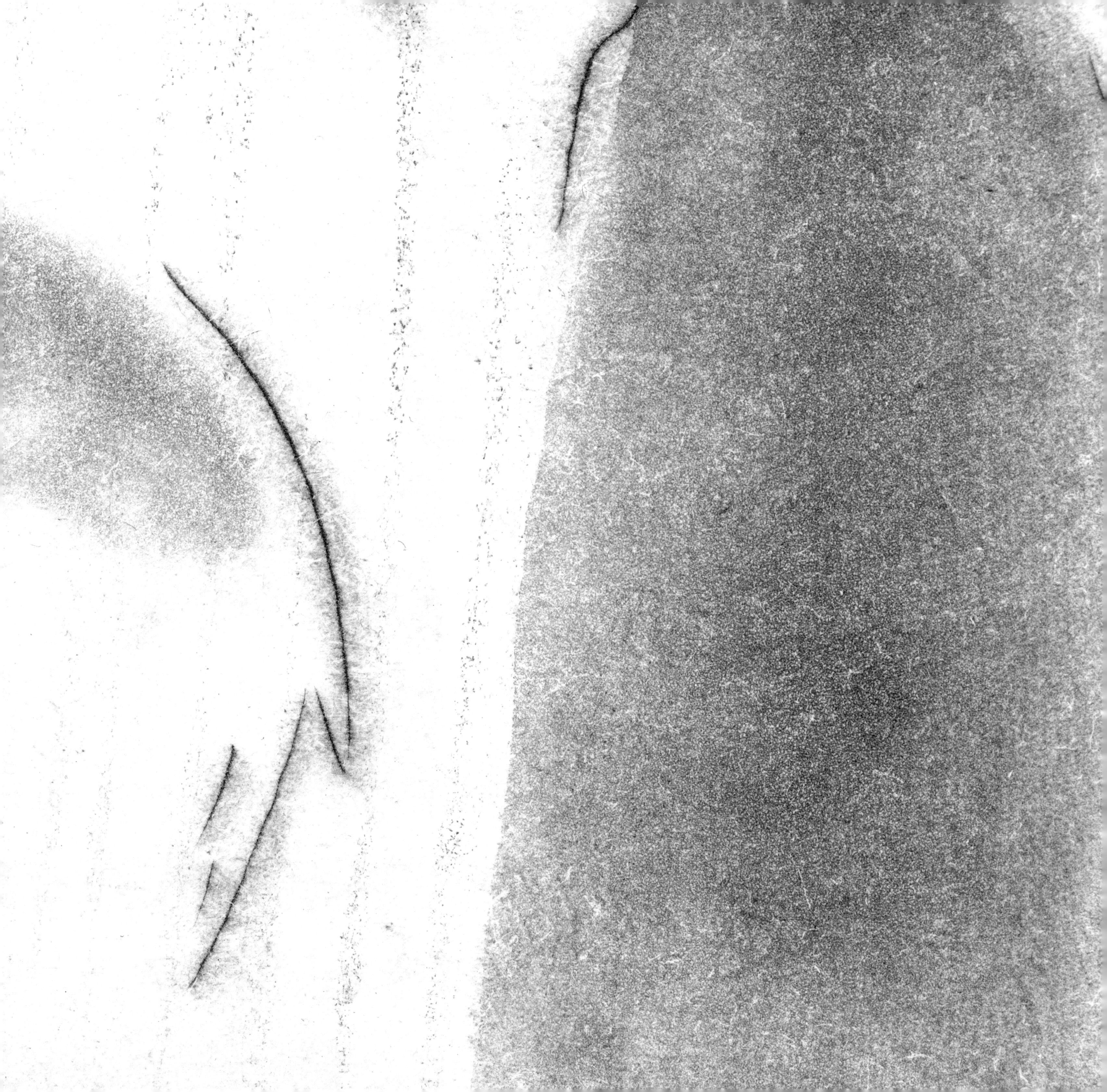

DIGA-ME, TU A QUEM MEU SER AMA, ONDE (APA
PRECISAREI EU DISFARÇAR-ME JUNTO AO
SE NÃO O SABES, MAIS BELA ENTRE AS MULHERES, SIGA O RASTRO DAS OVELHAS,
ALIMENTE TUAS CABRAS JUNTO ÀS MORADAS DOS PASTORES.

AS, ONDE REPOUSAS AO MEIO-DIA;
NHO DE TEUS AMIGOS?
CÂNTICO 1,7,8

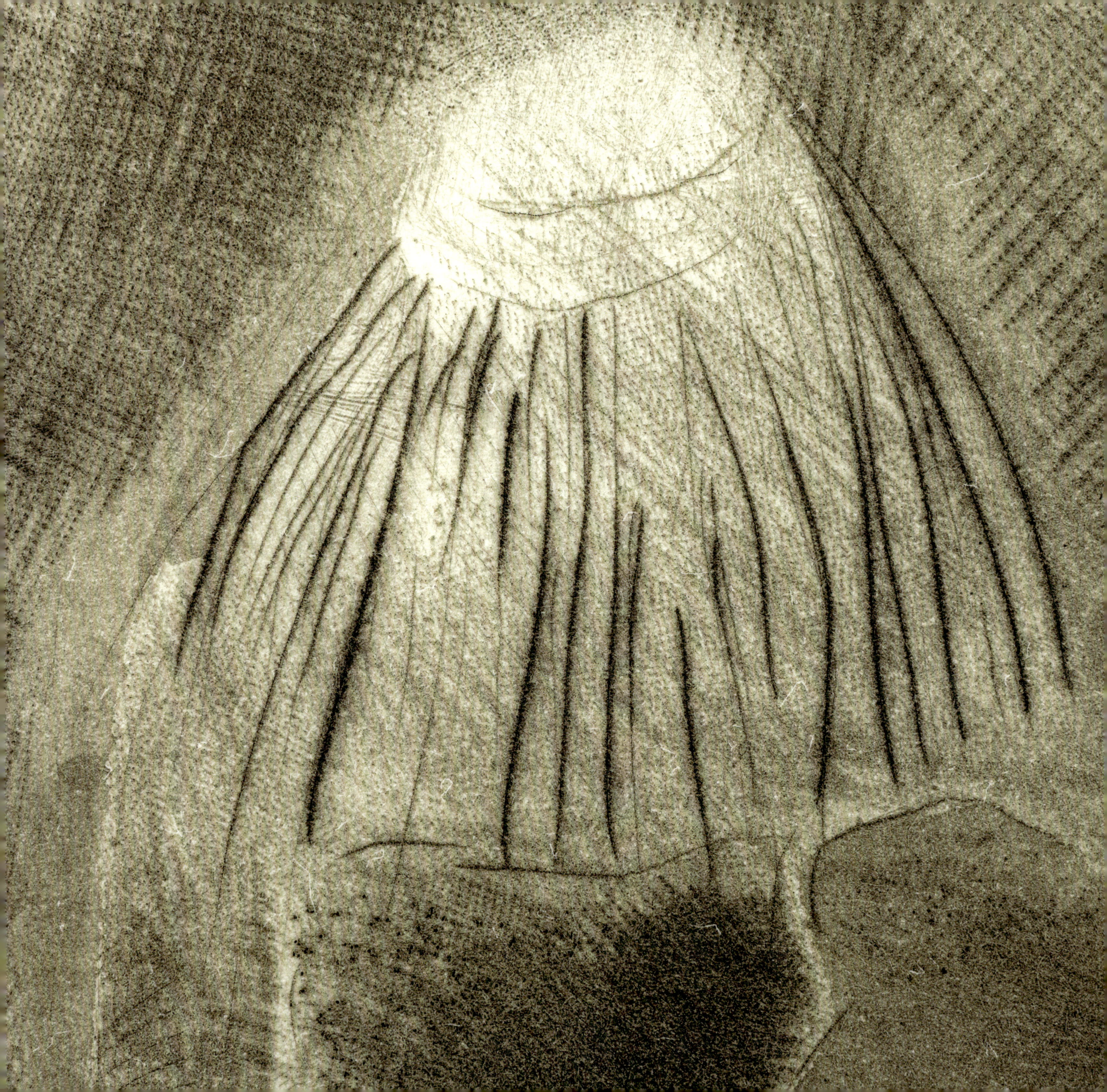

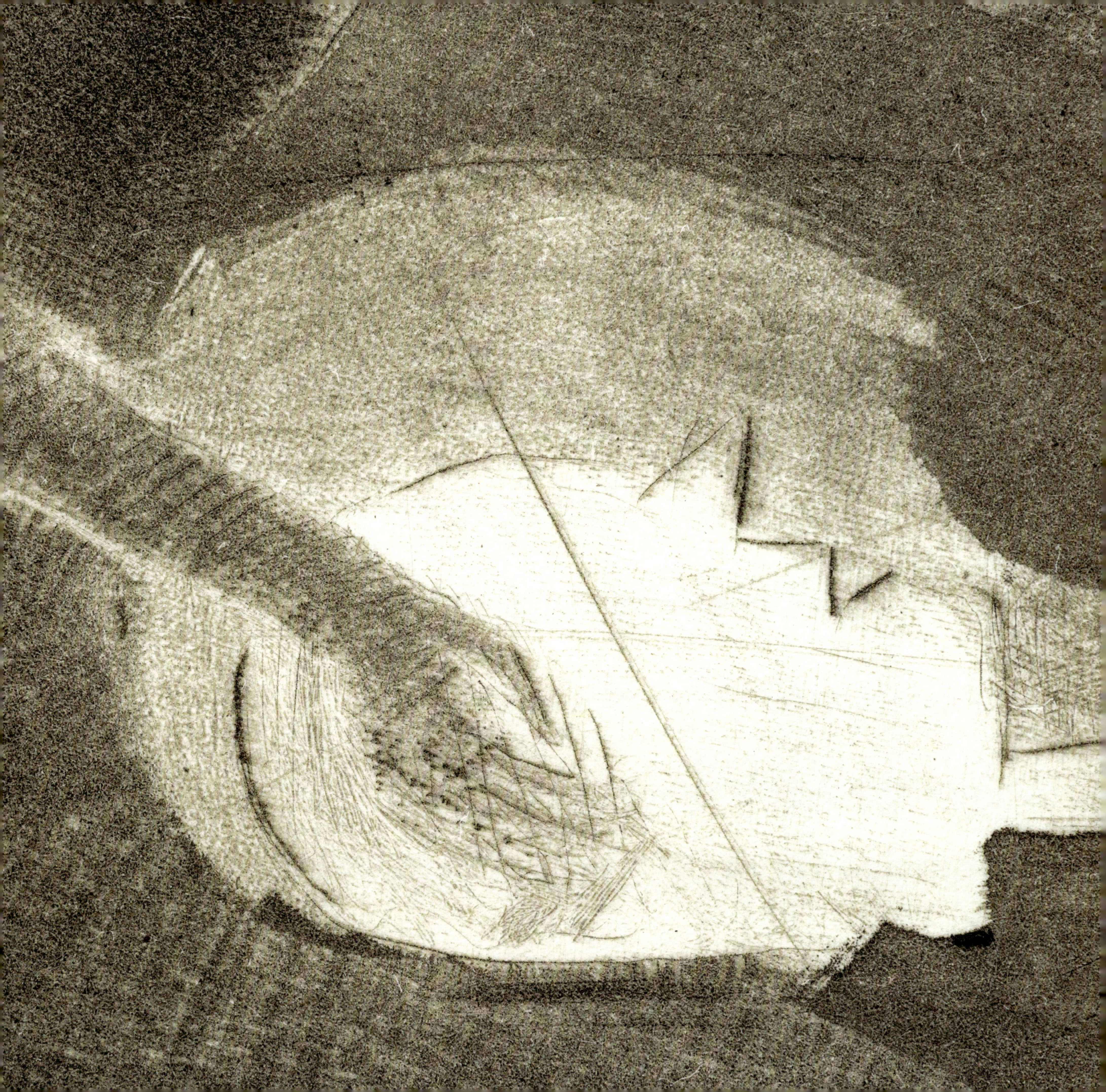

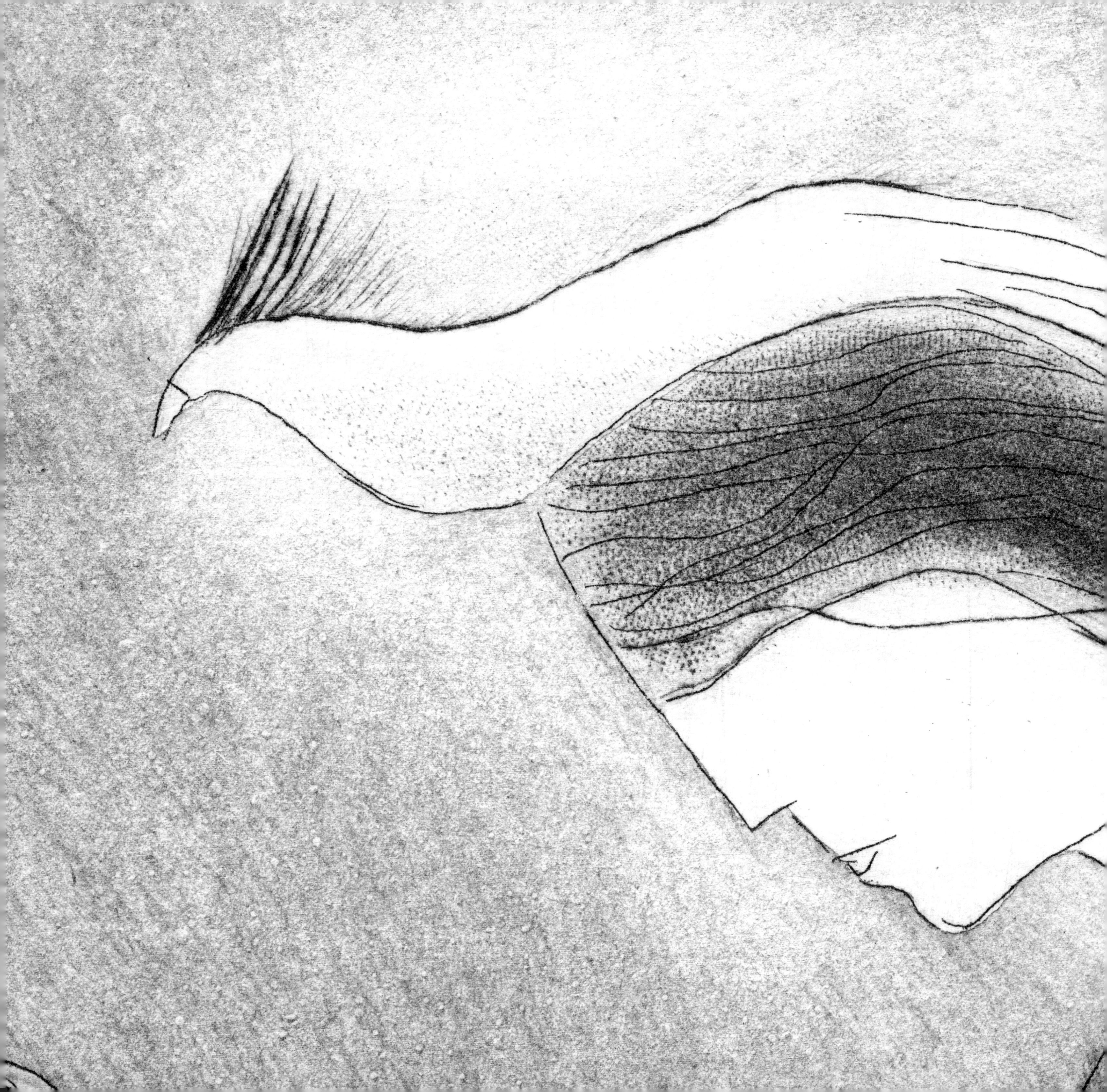

3MACEIRA ENTRE AS ARV
BOSQUE É MEU AM
ENTRE OS JOVENS
À SUA SOMBRA
EU QUIS
ASSENTAR-M

3 MACIEIRA ENTRE AS ARVORES DO BOSQUE É MEU AMADO ENTRE OS JOVENS:
À SUA SOMBRA EU QUIS ASENTAR-ME
COM SEU DOCE FRUTO NA BOCA
4 LEVOU-ME ELE À ADEGA E CONTRA MIM DESFRALDADA SUA BANDEIRA DE AMOR
5 SUSTENTAI-ME COM BOLOS DE PASSAS
DAI-ME FORÇAS COM MAÇÃS
OH! QUE ESTOU DOENTE DE AMOR...

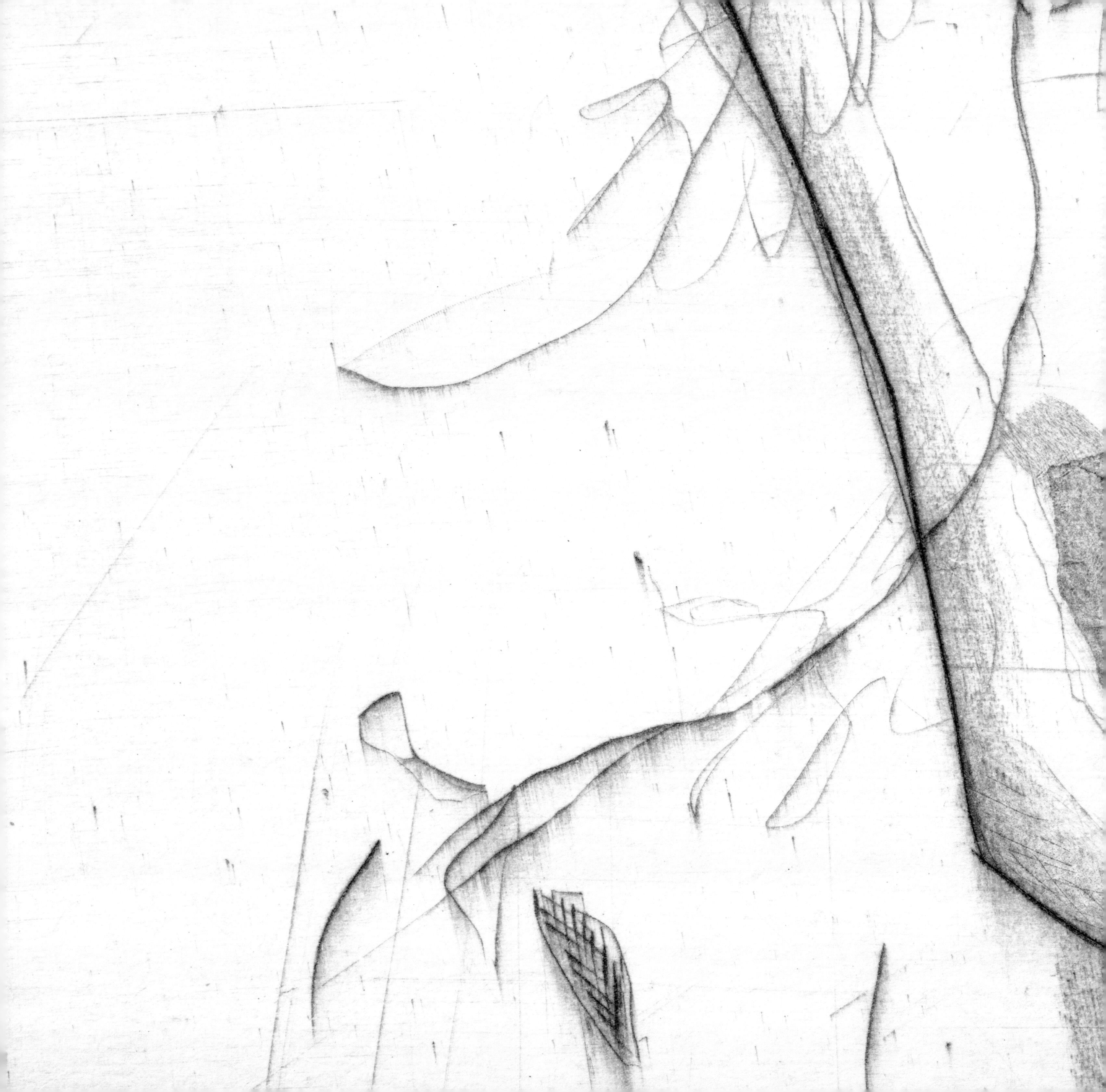

Narcissus in the brambles,
brightest flower –
I choose you from all others
for my love

Narciso entre cardos, é única minha amada entre as mulheres. (Ct 2; 2)

…a-y depuis
…me en même été
…et que le lé…
…avoir fait un
…moi « même »
…a givre.

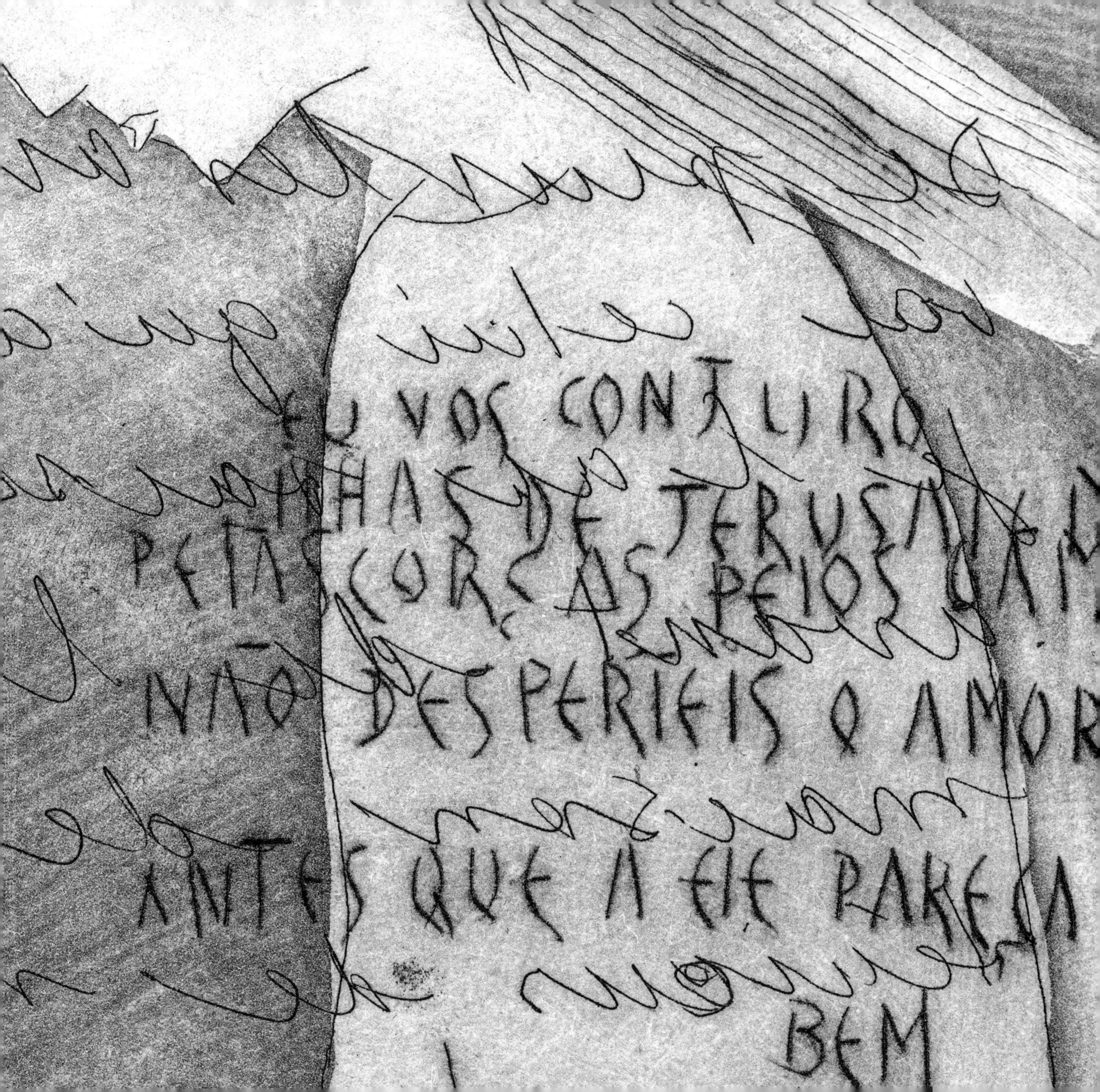
EU VOS CONJURO
FILHAS DE JERUSALEM
PELAS CORÇAS PELOS CAM
NÃO DESPERTEIS O AMOR
ANTES QUE A ELE PAREÇA
BEM

EU VOS CONJURO
FILHAS DE JERUSALÉM
PELAS CORÇAS PELOS GAMOS
NÃO DESPERTEIS O AMOR
ANTES QUE A ELE PAREÇA
BEM
CÂNTICO III, 5

Il répond, mon amant, et me dit: lève-toi vers toi-même, ma compagne, ma belle, et va vers toi-même!

Oui, voici, l'hiver est passé, la pluie a cessé, elle s'en est allée. Le bourgeons se voient sur terre, le temps du rossignol est arrivé, la voi de la tourterelle s'entend sur notre terre.

Le figuier embaume ses sycones, les vignes en pousse donnent leur parfum.

Lève-toi vers toi-même, ma compagne, ma belle, et va vers toi-même!

Ma palombe aux fentes du rocher, au secret de la marche, fai-moi voir ta vue, fais-moi entendre ta voix! Oui, ta voix est suave, ta vue harmonieuse.

Saisissez pour nous les renards, les petits renards, saboteurs de vignobles! Nos vignobles sont en pousse. Mon amant à moi, et moi à lui, le pâtre aux lotus. Jusque à ce que le jour se gonfle, s'enfuient les ombres, fais volte-face, ressemble pour toi, mon amant, à la gazelle ou au faon des chevreuils sur les mo-

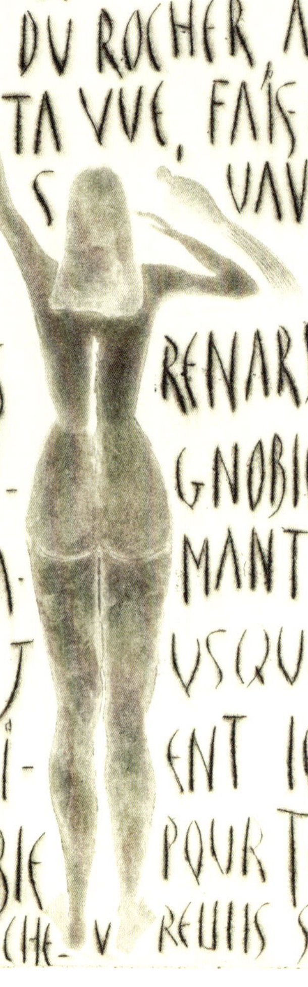

IL RÉPOND, MON AMANT, ET ME DIT: LÈVE-TOI VERS TOI MÊME, MA COMPAGNE, MA BELLE, ET VA VERS TOI MÊME!

OUI, VOICI, L'HIVER EST PASSÉ, LA PLUIE A CESSÉ, ELLE S'EN EST ALLÉE. LE BOURGEONS SE VOIENT SUR TERRE, LE TEMPS DU ROSSIGNOL EST ARRIVÉ, LA VOI DE LA TOURTERELLE S'ENTEND SUR NOTRE TERRE.

LE FIGUIER EMBAUME SES SYCONES, LES VIGNES EN POUSSE DONNENT LEUR PARFUM.

LÈVE-TOI VERS TOI MÊME, MA COMPAGNE, MA BELLE, ET VA VERS TOI-MÊME!

MA PALOMBE AUX FENTES DU ROCHER, AU SECRET DE LA MARCHE, FAI-MOI VOIR TA VUE, FAIS-MOI ENTENDRE TA VOIX! OUI, TA VOIX EST SUAVE, TA VUE HARMONIEUSE.

SAISISSEZ POUR NOUS LES RENARDS, LES PETITS RENARDS, SABOTEURS DE VIGNOBLES! NOS VIGNOBLES SONT EN POUSSE. MON AMANT À MOI, ET MOI À LUI, LE PÂTRE AUX LOTUS. JUSQUE À CE QUE LE JOUR SE GONFLE, S'ENFUIENT LES OMBRES, FAIS VOLTE-FACE, RESSEMBLE POUR TOI, MON AMANT, À LA GAZELLE OU AU FAON DES CHEVREUILS SUR LES MO

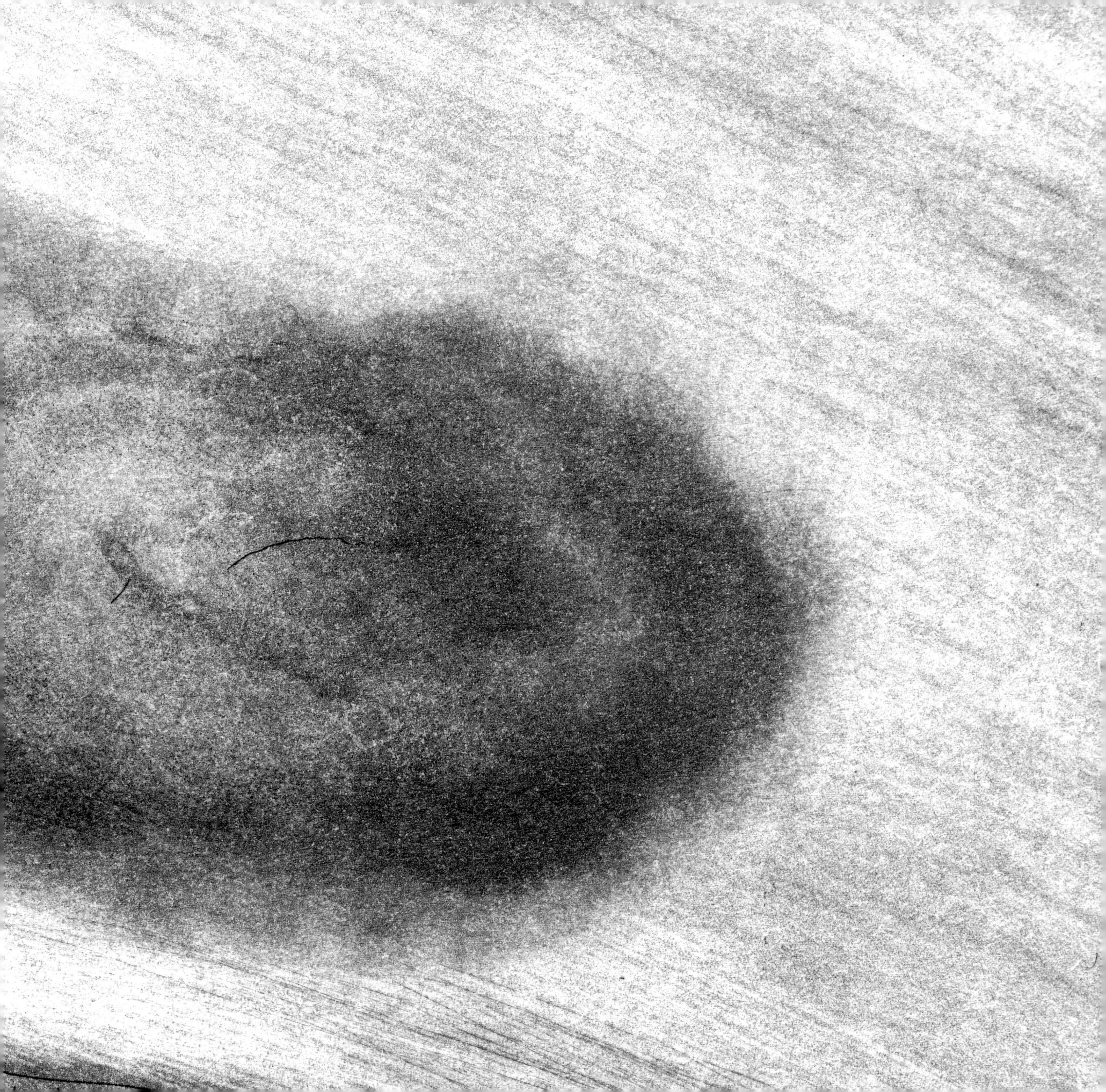

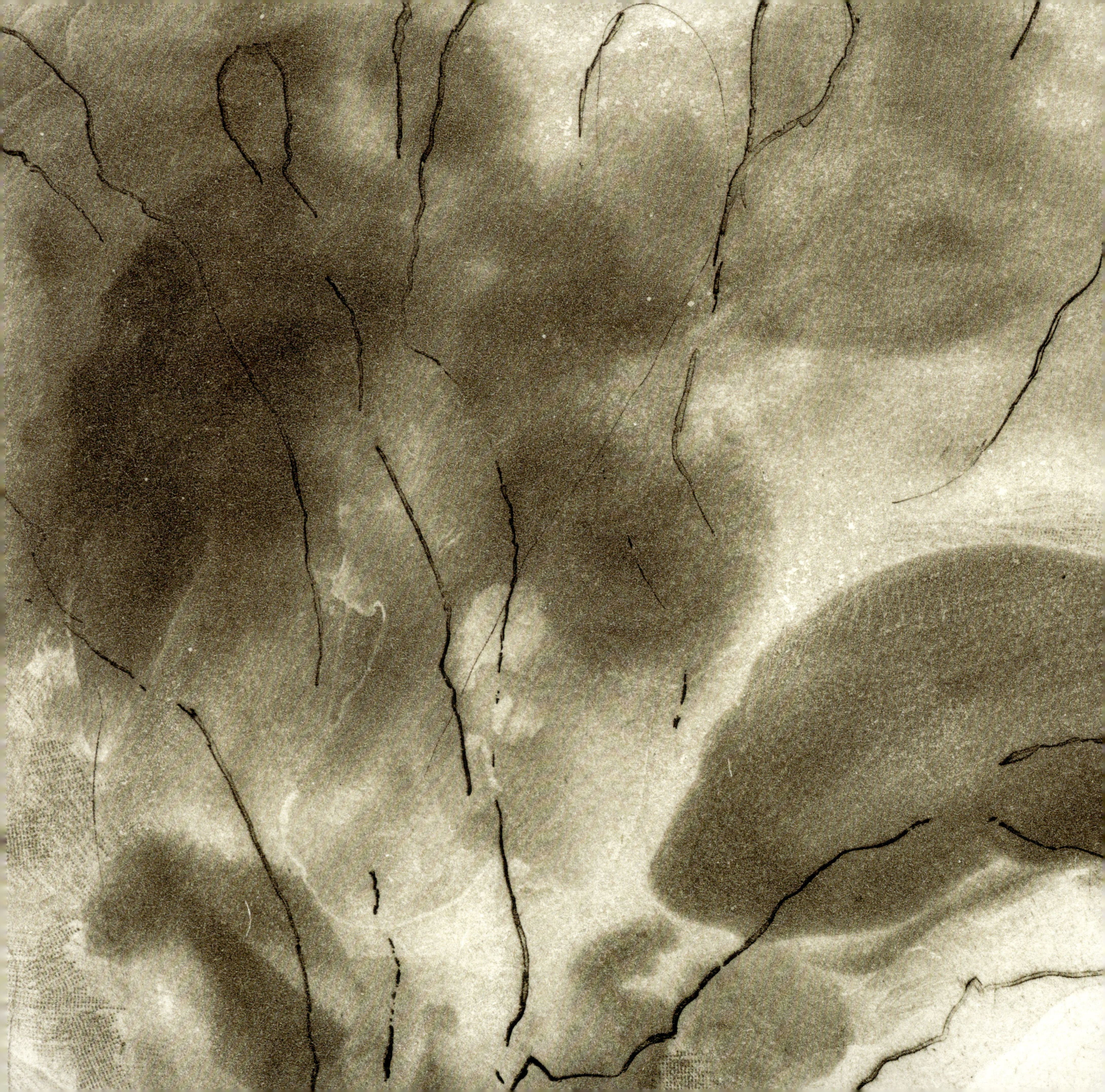

CÂNTICO X, 5, 6

O women of the city,
swear by the wild field doe,
not to wake or rouse us
till we fulfill our love.

Eu vos conjuro, jovens de Jerusalém, não acordeis,
não desperteis o amor até que ele o queira. (Ct 2; 7)

TU ÉS BELA MINA AMADA,
SEM UM SÓ DEFEITO! VEM DO LÍBANO NOIVA MINHA E FAZ
TUA ENTRADA COMI-
GO. TU CONTEMPLARÁS
DO CUME DO AMANA, DO SENIR E DO HERMON AS MORADAS
DOS LEÕES, OS MON-
TES DOS LEOPARDOS!
VOCÊ ME ENCANTOU
MINHA NOIVA, MINHA
IRMÃ. VOCÊ ME ENCANTOU COM UM SÓ DE TEUS
OLHARES, DE UMA
SÓ VOLTA DE TEUS
COLARES.

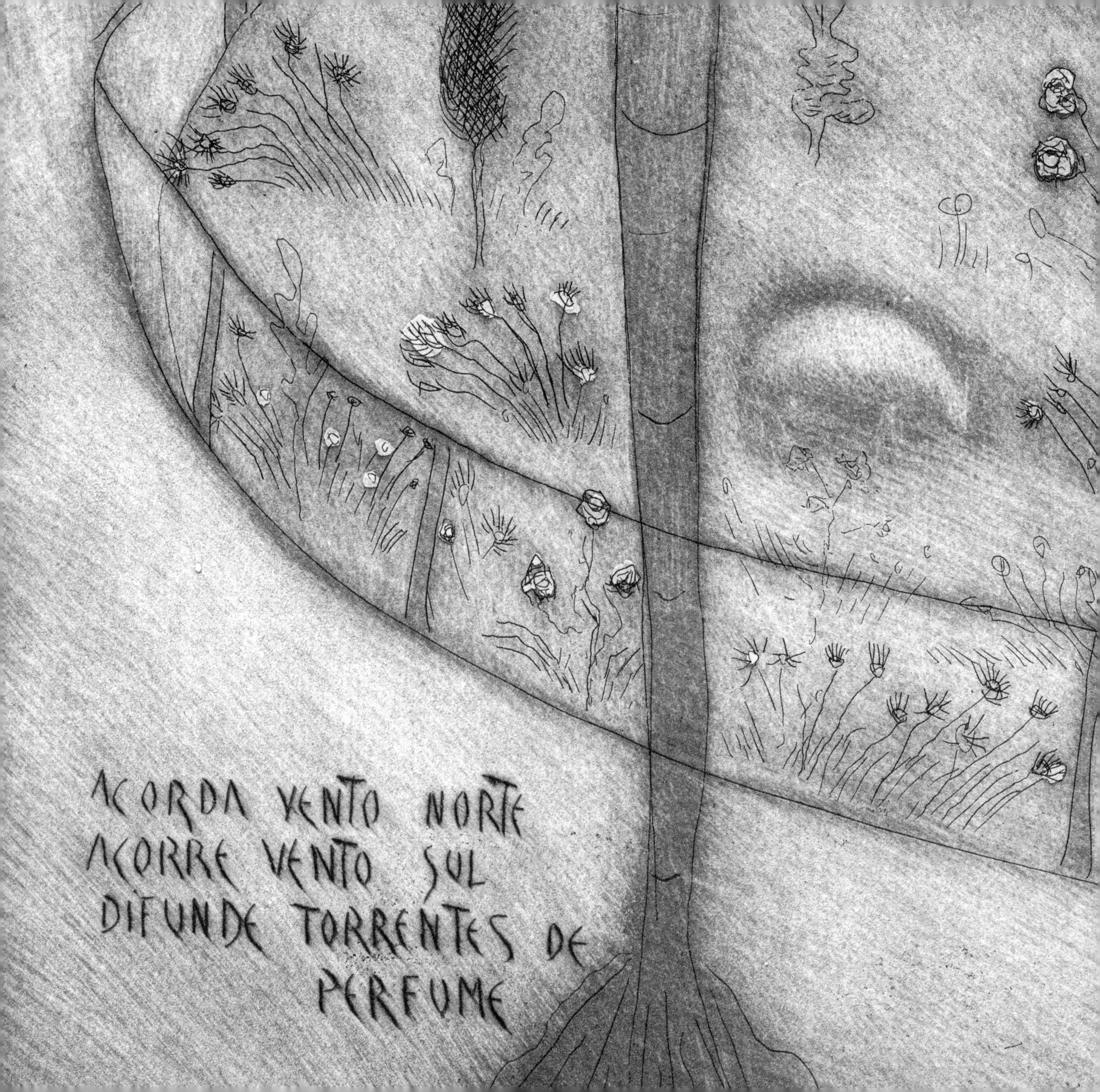
ACORDA VENTO NORTE
ACORRE VENTO SUL
DIFUNDE TORRENTES DE
PERFUME

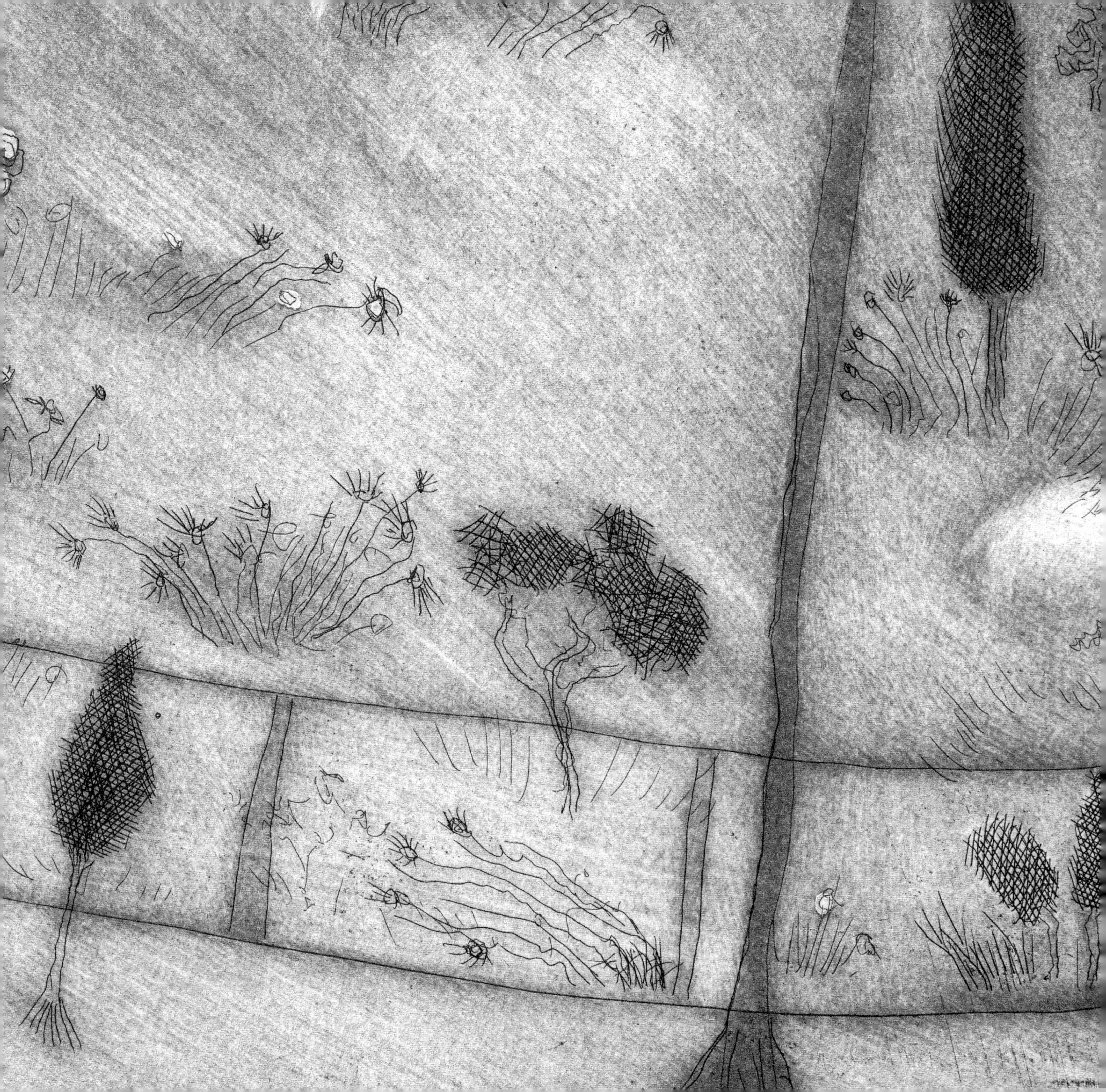

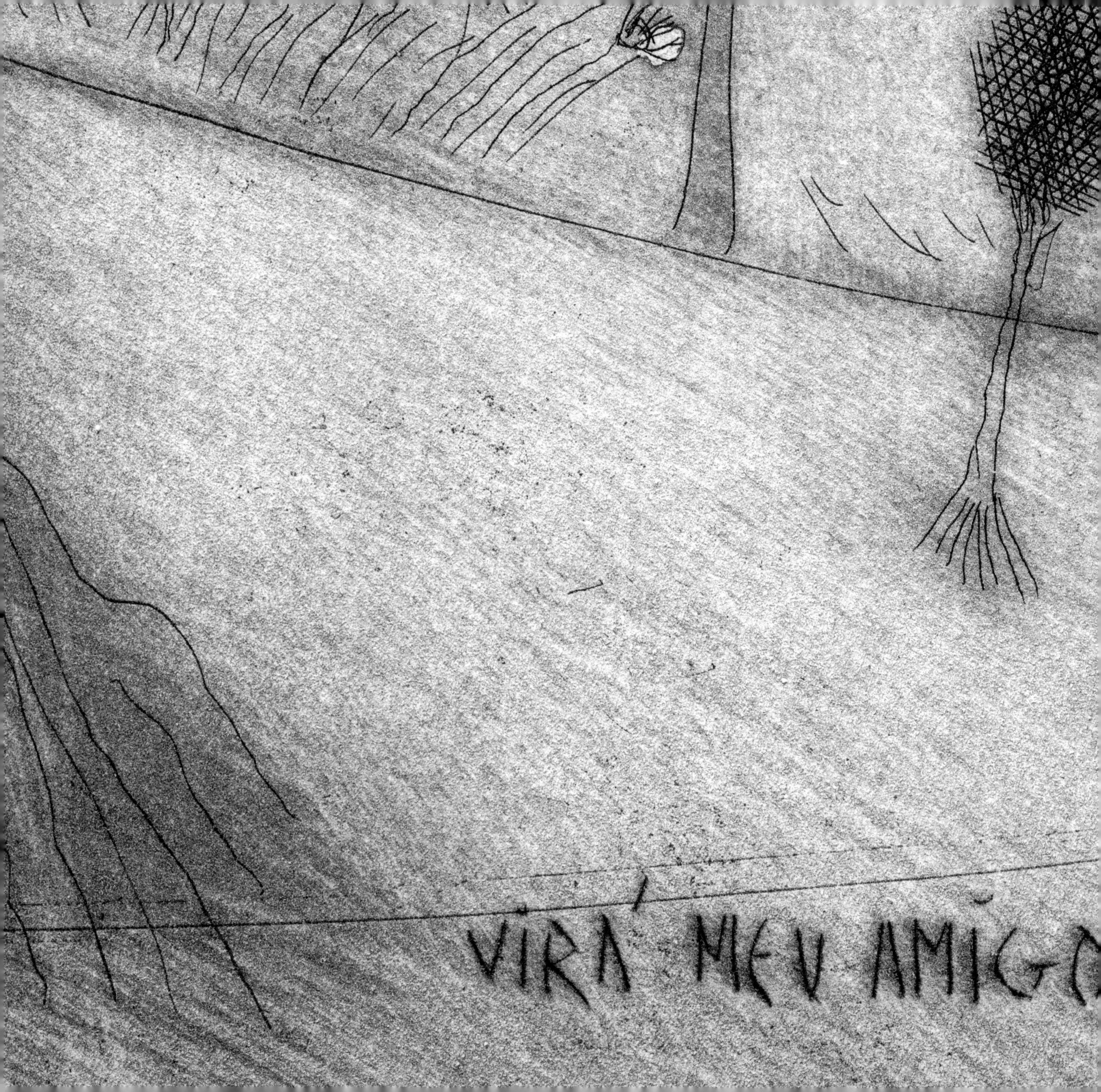
VIRÁ MEU AMIGO

PARA SEU JARDIM

E COMERÁ SEU

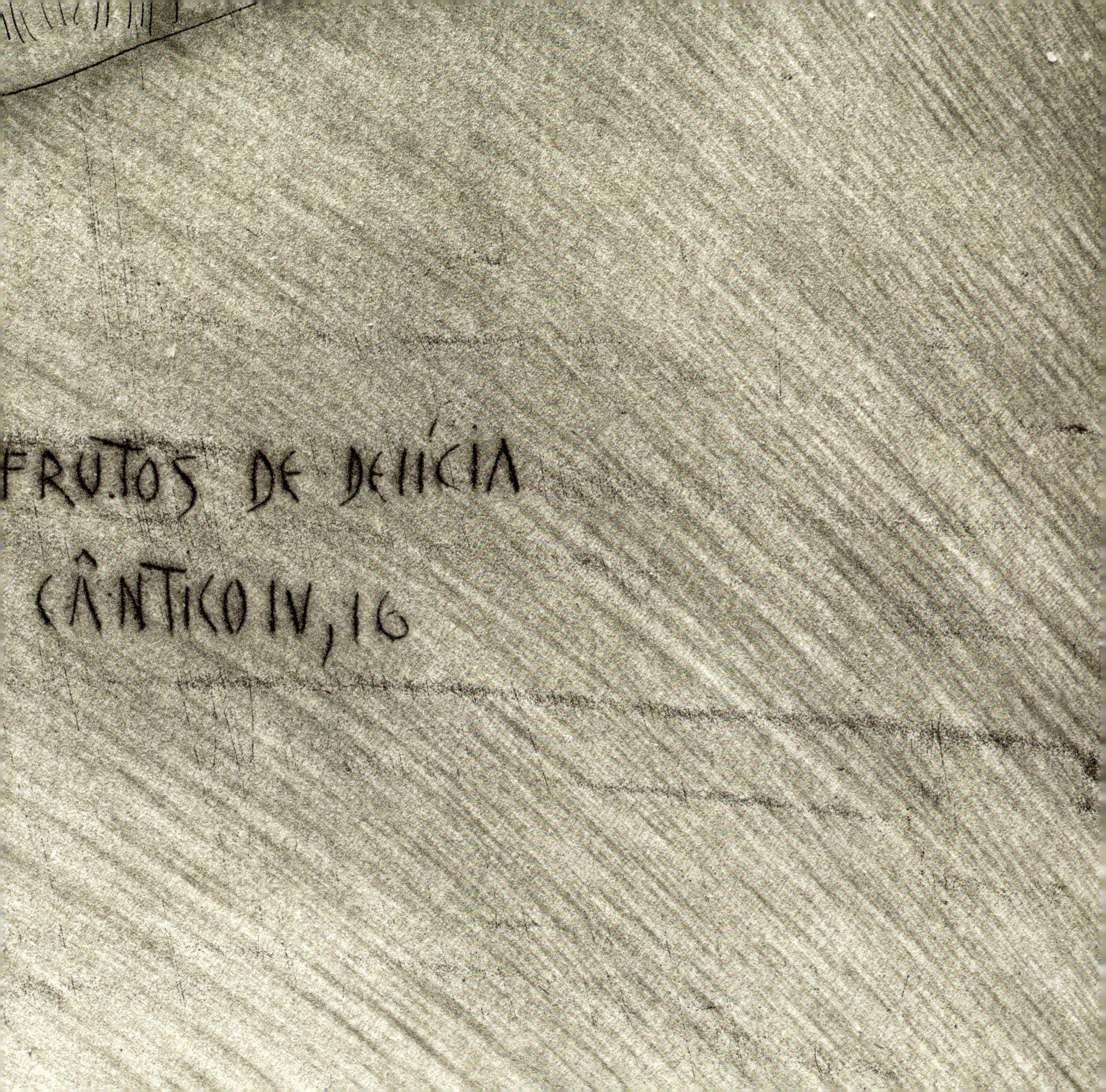
FRUTOS DE DELÍCIA
CÂNTICO IV, 16

ACORDA VENTO NORTE
ACORRE VENTO SUL
DIFUNDE TORRENTES DE
PERFUME
VIRÁ MEU AMIGO PARA SEU JARDIM
E COMERÁ SEUS FRUTOS DE DELÍCIA
CÂNTICO IV,16

Your lips –
like woven threads
of crimson silk

Teus lábios rubros, tua fala harmoniosa. (Ct 4; 3)

JARDIM FECHADO
MINHA NOIVA MIN
HA IRMÃ ONDA FEC
HADA, FONTE SELA
DA! TEUS AROMA
S SÃO UM PA
RAISO DE ROMÃS
COM SEUS FRUTOS
SUCULENTOS: NA
RDO, AÇAFRÃO
CANELA E TO
DAS AS AR

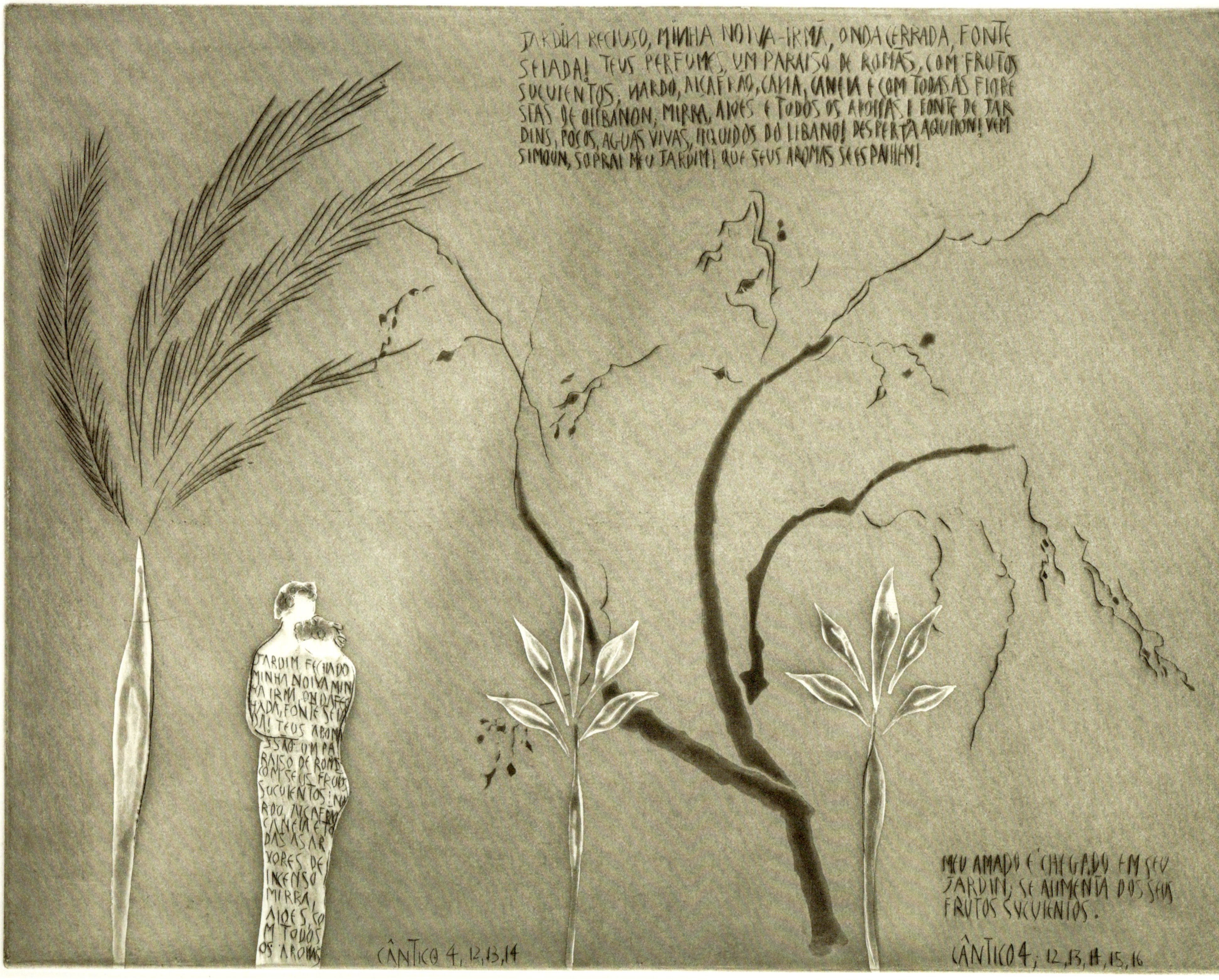
JARDIM RECLUSO, MINHA NOIVA-IRMÃ, ONDA CERRADA, FONTE SELADA! TEUS PERFUMES, UM PARAÍSO DE ROMÃS, COM FRUTOS SUCULENTOS, NARDO, AÇAFRÃO, CANA, CANELA E COM TODAS AS FLORESTAS DE OLIBANON, MIRRA, ALOÉS E TODOS OS AROMAS! FONTE DE JARDINS, POÇOS, ÁGUAS VIVAS, LÍQUIDOS DO LÍBANO! DESPERTA AQUILON! VEM SIMOUN, SOPRAI MEU JARDIM! QUE SEUS AROMAS SE ESPALHEM!
JARDIM FECHADO MINHA NOIVA MINHA IRMÃ, ONDA FECHADA, FONTE SELADA! TEUS AROMAS SÃO UM PARAÍSO DE ROMÃS COM SEUS FRUTOS SUCULENTOS: NARDO, AÇAFRÃO, CANELA E TODAS AS ÁRVORES DE INCENSO MIRRA, ALOÉS, COM TODOS OS AROMAS
CÂNTICO 4, 12,13,14
MEU AMADO É CHEGADO EM SEU JARDIM, SE ALIMENTA DOS SEUS FRUTOS SUCULENTOS.
CÂNTICO 4; 12,13,14,15,16

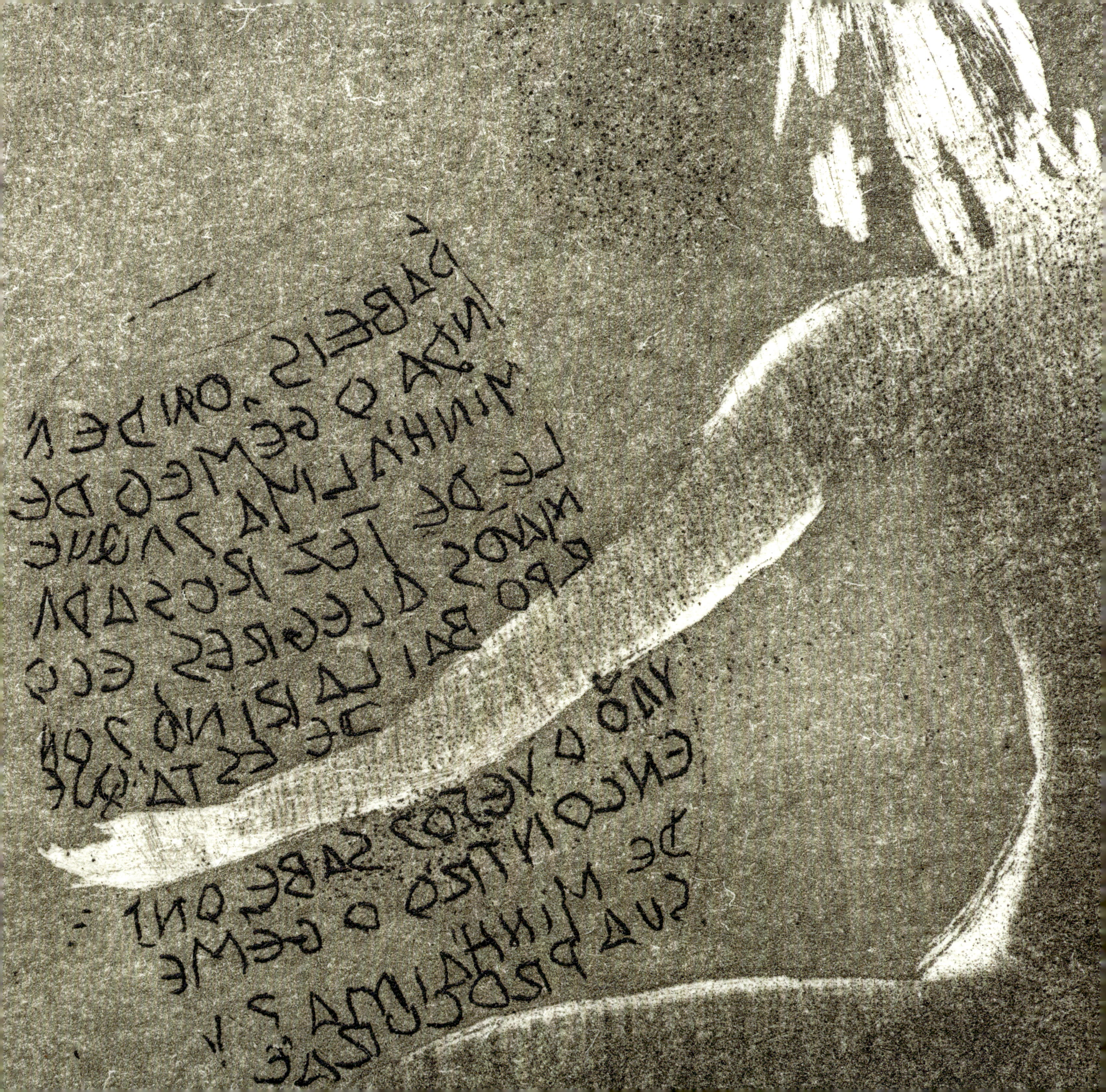

AFASTA TEUS OLHOS DE MIM
ELES ME FASCINAM!
TEUS CABELOS FEITO UM BANDO DE CAPRINOS
DEBANDANDO DE GALAAD!
CANTICO 6;4,5

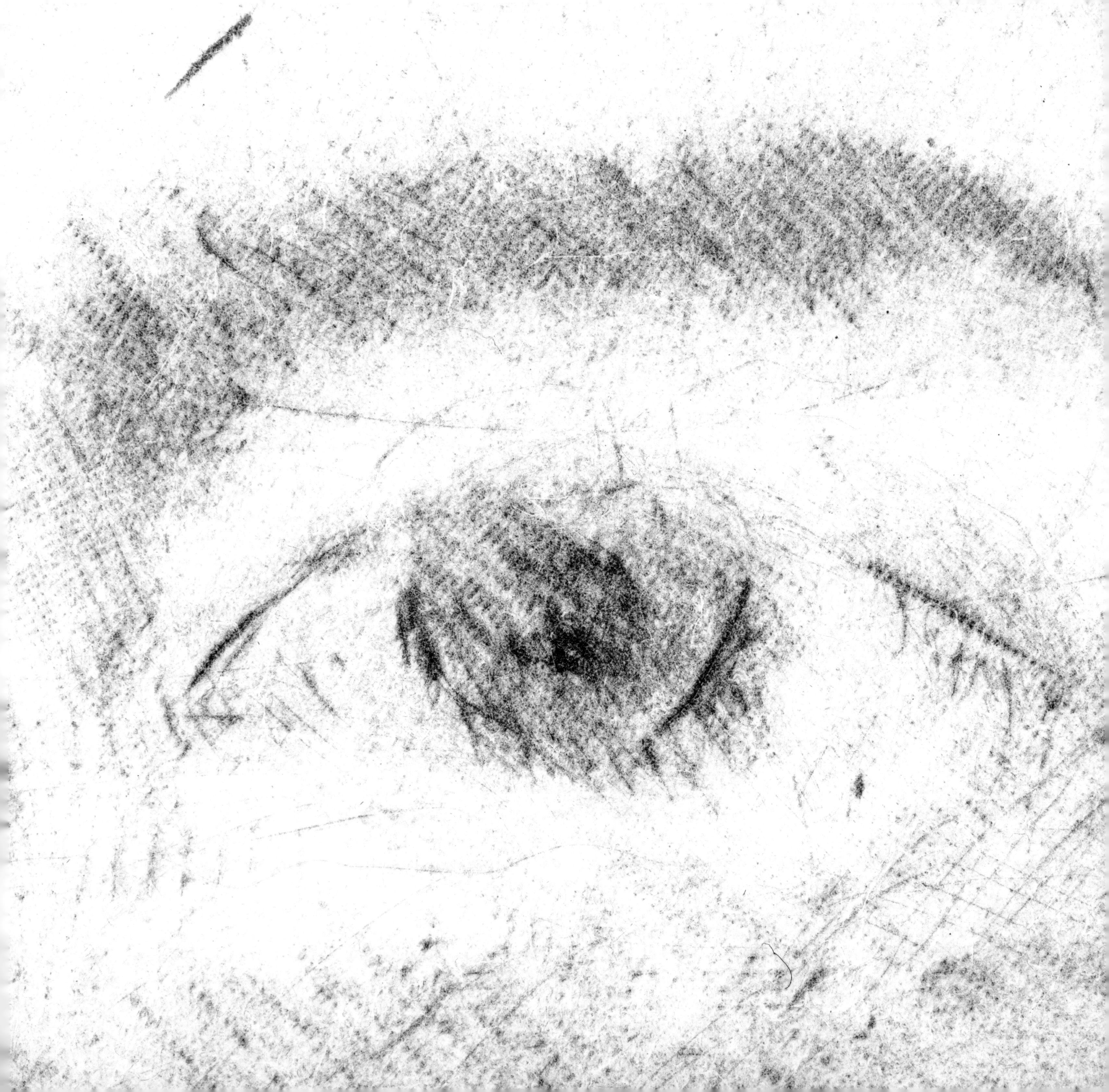

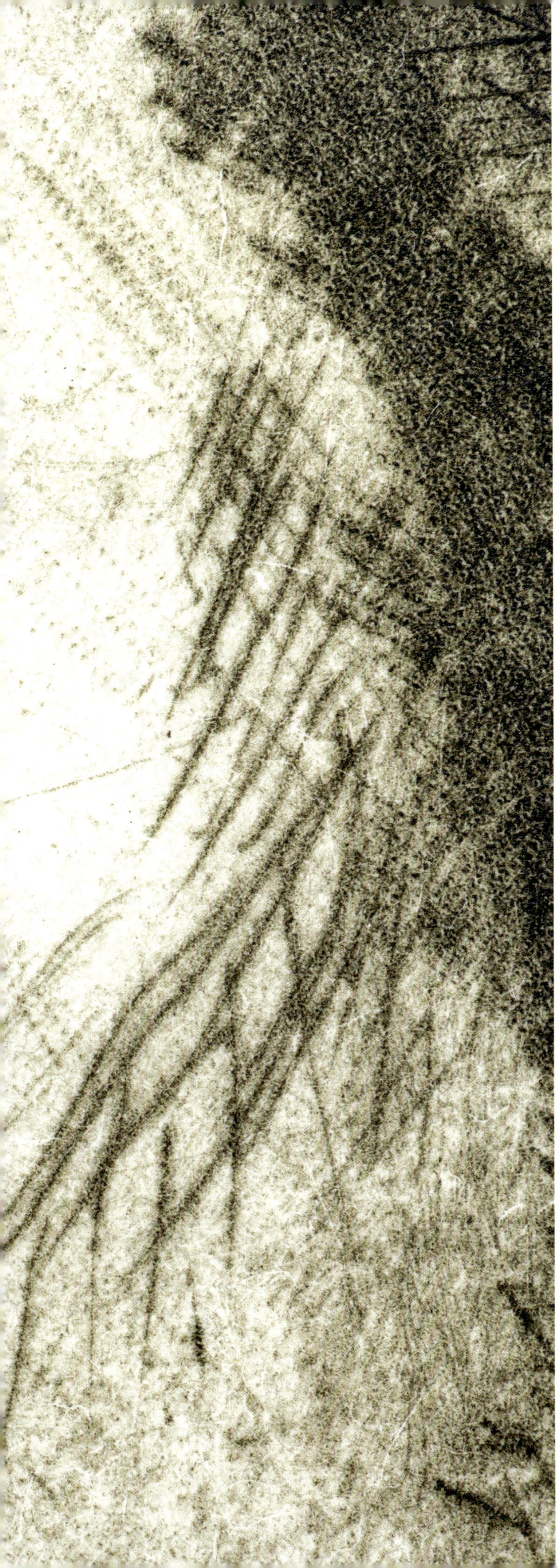

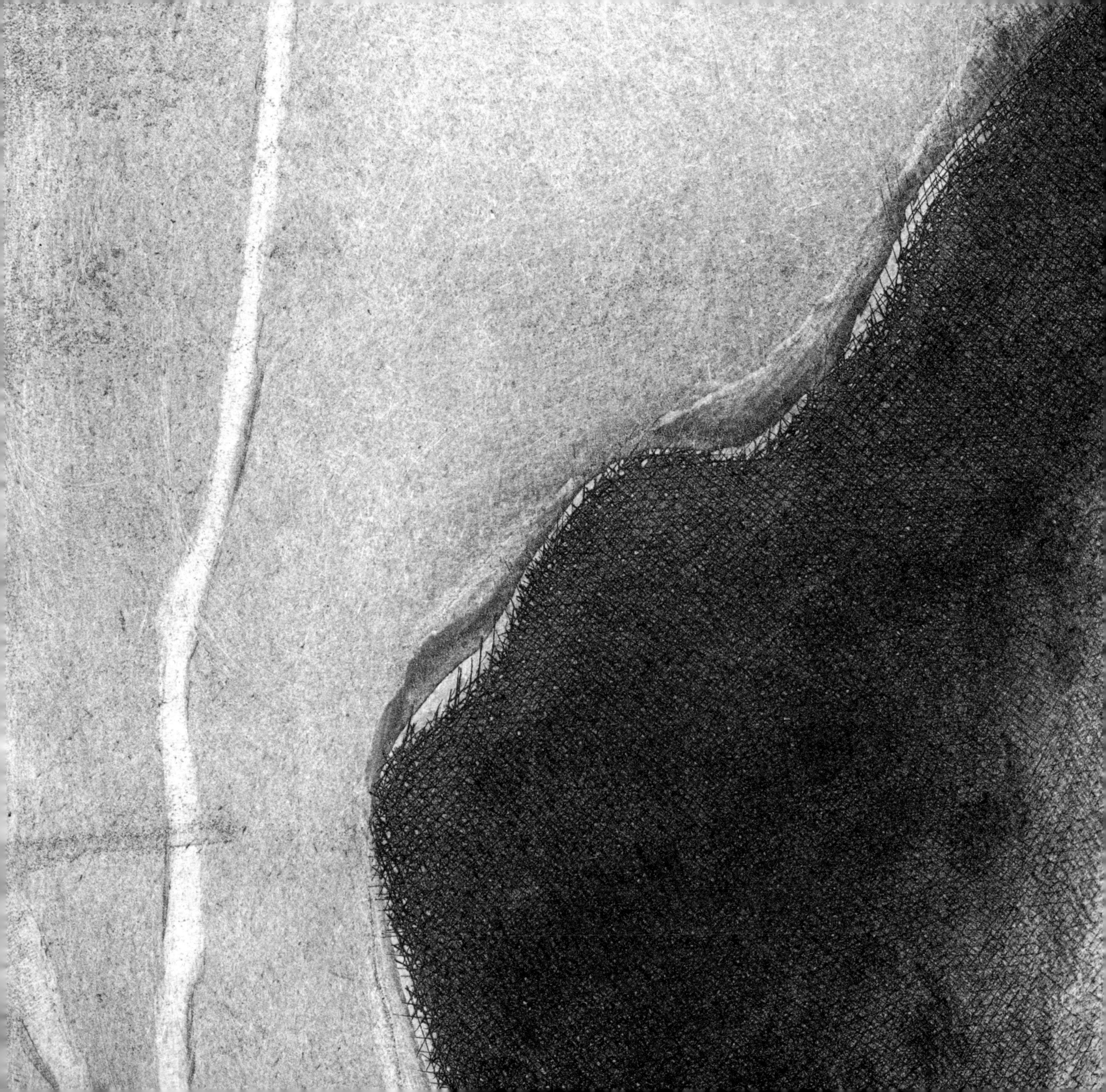

AFASTA TEUS OLHOS DE MIM
ELES ME FASCINAM!
TEUS CABELOS FEITO UM BANDO DE CAPRINOS
DEBANDANDO DE GALAAD!
CANTICO 6;4,5

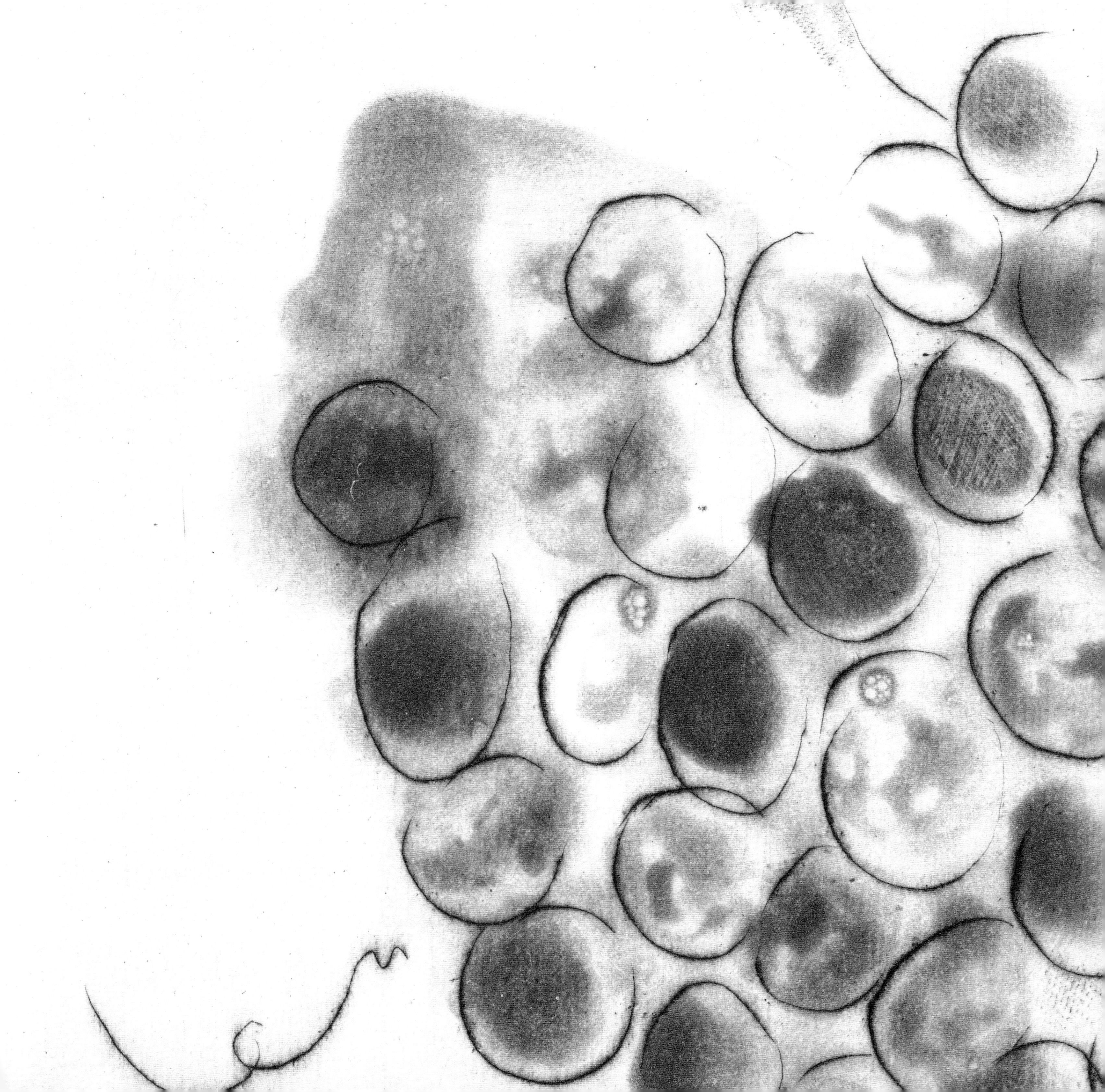

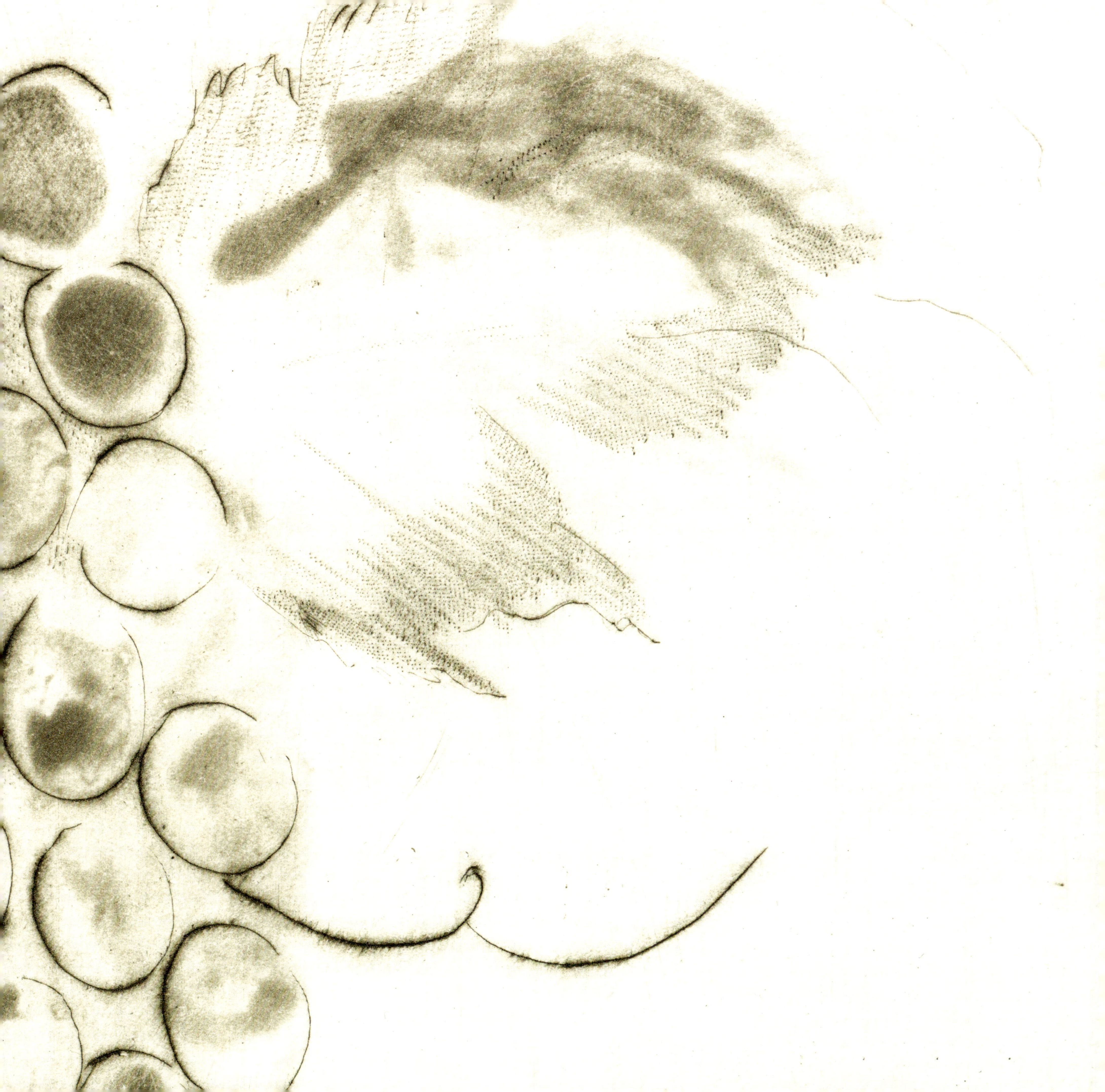

9 - O QUE TEM TEU BEM-AMADO A MAIS DO QUE OS OUTROS?
10 - MEU BEM-AMADO É VIÇOSO E ROSADO. ELE É ÚNICO!
11 - SUA CABEÇA É DOURADA, DE UM PURO OURO
SEUS CABELOS NEGROS COMO AS ASAS DA GRAÚNA.
12 - SEUS OLHOS SÃO POMBAS
JUNTO A UMA FONTE, BANHANDO-SE EM LEITE. PLENITUDE!
13 - SUAS FACES SÃO COMO CANTEIROS DE AROMAS, MONTES
COBERTOS DE FLORES PERFUMADAS SEUS LÁBIOS SÃO LÍRIOS QUE DESTILAM PURA MIRRA.
14 - SUAS MÃOS SÃO ESFERAS DE OURO ENCRUSTADAS COM PEDRAS PRECIOSAS
SEU VENTRE COMO MARFIM CRAVEJADO DE SAFIRAS
15 SUAS PERNAS COMO COLUNAS DE ALABASTRO POUSADAS SOBRE PEDESTAIS DE OURO; ALTANEIRO COMO OS CEDROS
16 - SUA BOCA, SUA PALAVRA É DOCE
TUDO NELE AVIVA O DESEJO
ESTE É MEU BEM AMADO, ESTE É O MEU AMIGO.

With one flash of your eyes, you excite me,
one jewel on your neck stirs my heart,
o my sister, my bride.

Ganhaste meu coração com um só de teus olhares,
com uma só volta de teus colares.   (Ct 4; 9)

SULAMITA
VOLTA VOLTEIA VOLTA VOLTEIA
NA SULAMITA O QUE TANTO
CONTEMPLAIS? COMO TEUS
PÉS SÃO BELOS NAS SANDÁLIAS
O REDONDO DE TUAS
COMO AS CURVAS DE UM ADORNO
OBRA DO TORNO DE UM ARTÍFICE
É TEU UMBIGO, UMA TAÇA DE LUA
FINA MISTURA DE VINHO NUNCA LHE FALTARÁ
TEU VENTRE UM DE TRIGO
EMOLDURADO DE ROSAS
TEUS SEIOS COMO DOIS FILHOTES GÊMEOS DE UMA CORÇA
5. TEU PESCOÇO UMA TORRE DE MARFIM; TEUS OLHOS PISCINAS EM HESEBON
JUNTO AO PORTAL DE BAT-RABIM. TEU NARIZ QUAL A TORRE DO LÍBANO MIRANDO EM DIREÇÃO À DAMASCO
6. TUA CABEÇA SOBRE TI COMO O CIMO DO CARMELO, E AS ONDAS DE TUA COMO PÚRPURA
UM REI SE ENCADEIA EM TUAS TRANÇAS
CANTO VII, 1,2,3,4,5,6

EU DORMIA E OUVI
o meu amado que batia!
"ABRE, MINHA IRMÃ, MINHA AMADA,
POMBA MINHA SEM DEFEITO!
TENHO A CABEÇA ORVALHA-
DA,
MEUS CABELOS GOTE-
JAM SERENO!"

MEU AMADO QUE BATIA, PORQUE MEU CORAÇÃO
VELAVA
"JÁ DESPI A TÚNICA, E VOU VESTI-LA DE NOVO?
JÁ LAVEI MEUS PÉS, E VOU SUJÁ-LOS
DE NOVO?"
"MEU AMADO PÕE A MÃO
PELA FENDA DA PORTA
AS ENTRANHAS ME ESTREMECEM

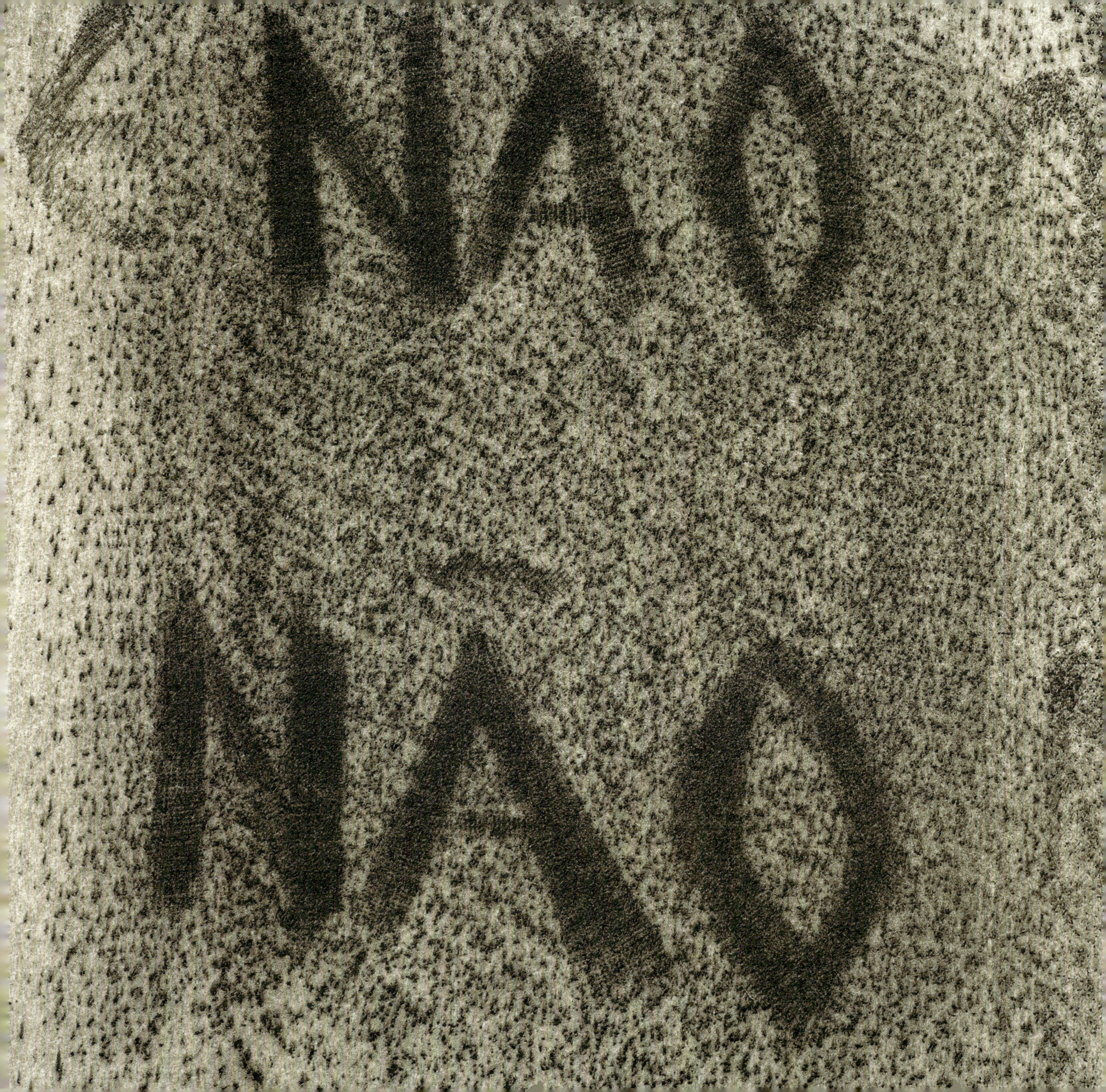
NÃO
NÃO

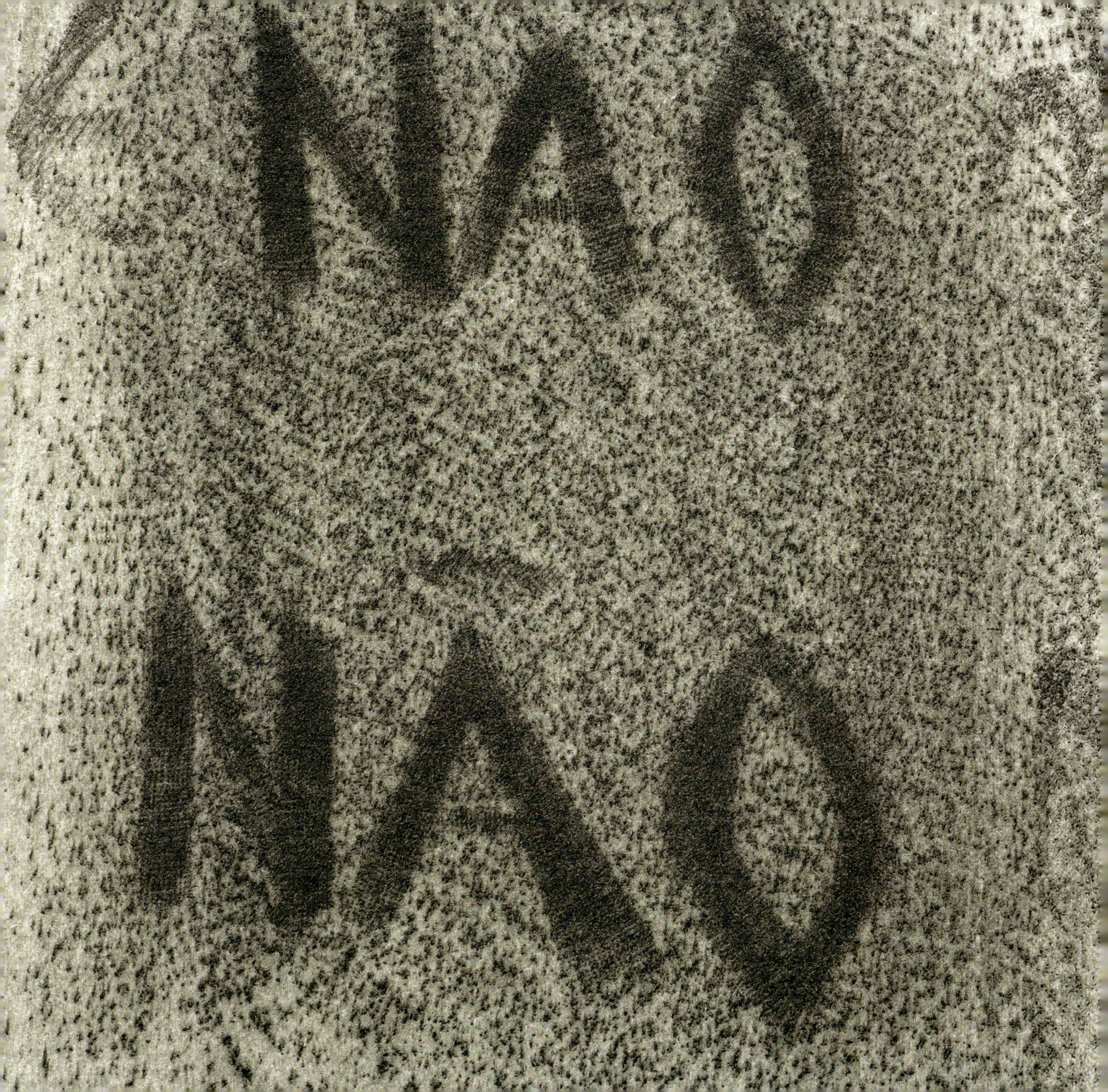
NÃO
NÃO

BATERA
FERIRA
TOMARA

ME
ME
M-ME

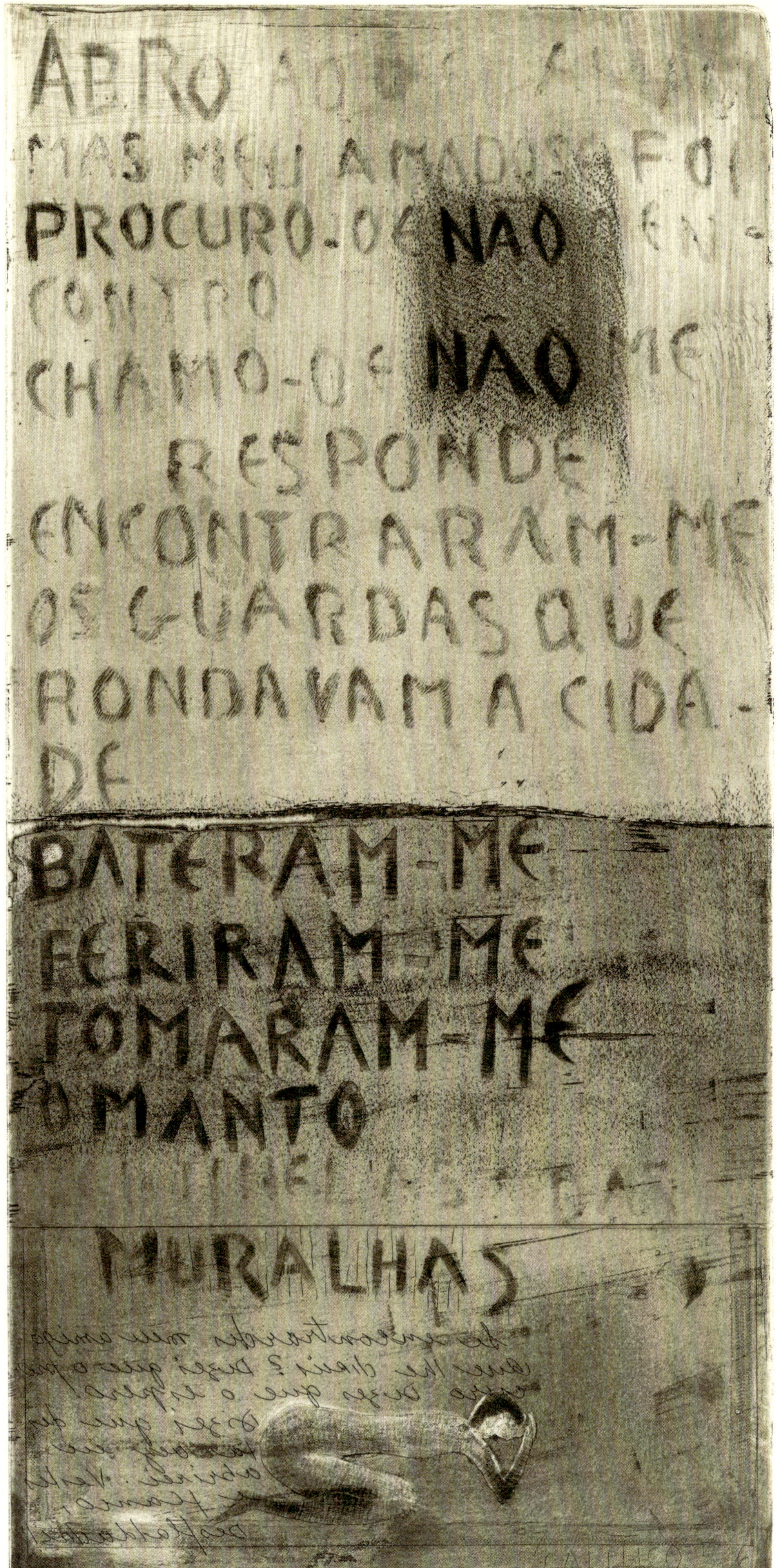
ABRO
MAS MEU AMADO SE FOI
PROCURO-O E NÃO O EN-
CONTRO
CHAMO-O E NÃO ME
RESPONDE
ENCONTRARAM-ME
OS GUARDAS QUE
RONDAVAM A CIDA-
DE
BATERAM-ME
FERIRAM-ME
TOMARAM-ME
O MANTO
MURALHAS

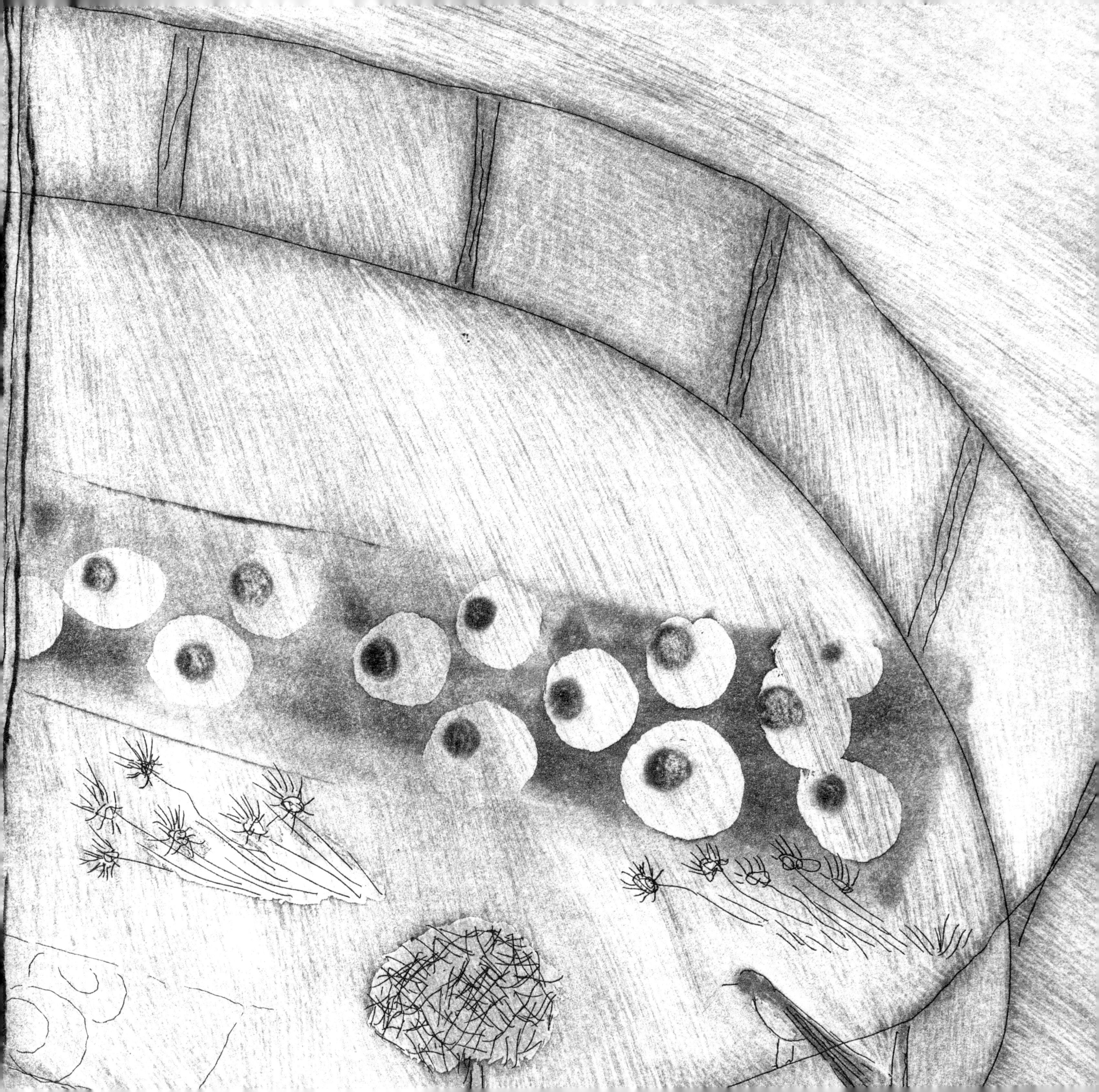

CÁNTICO VI, 10

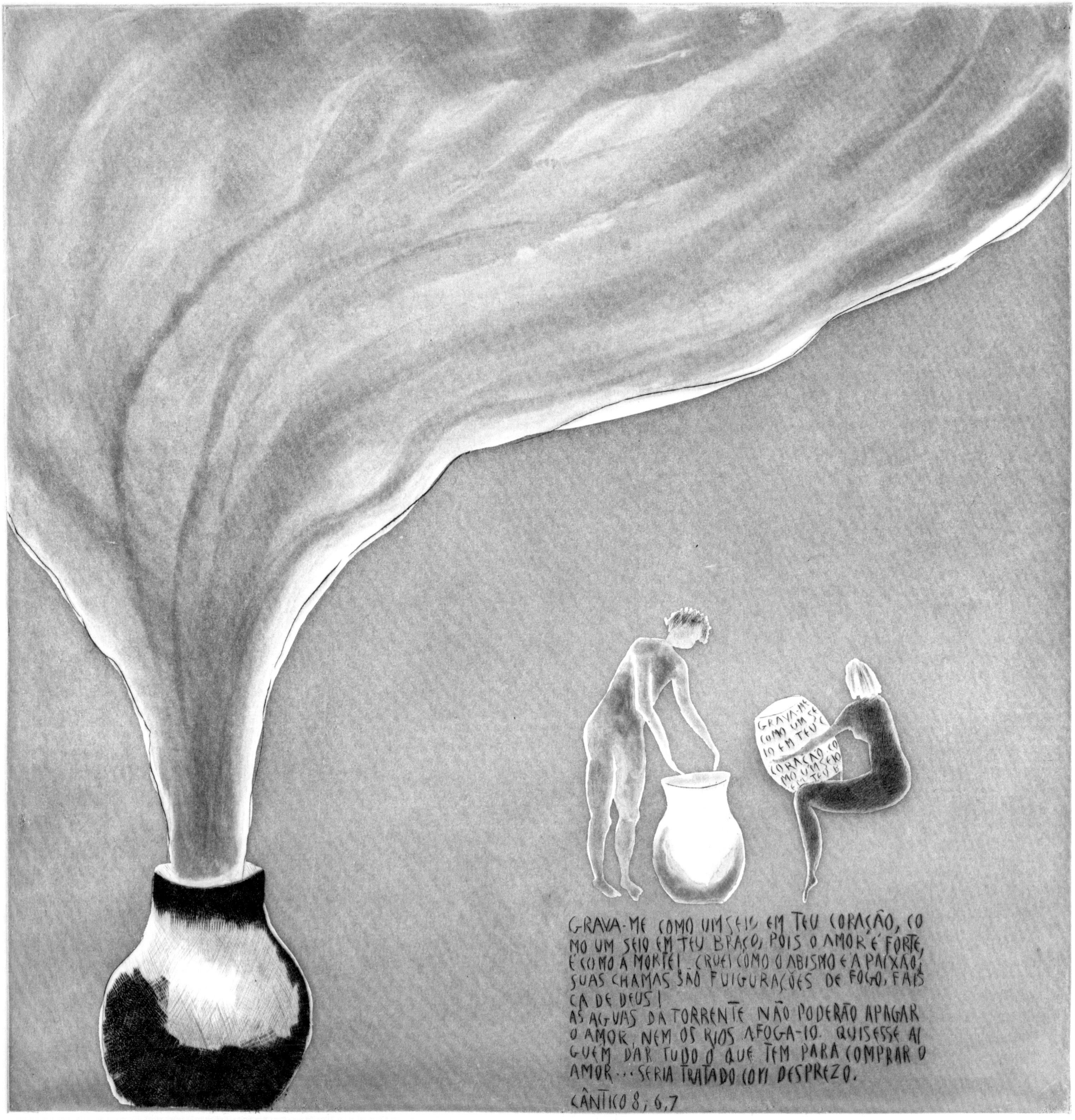
GRAVA-ME COMO UM SEIO EM TEU CORAÇÃO, CO
MO UM SEIO EM TEU BRAÇO, POIS O AMOR É FORTE,
É COMO A MORTE! CRUEL COMO O ABISMO É A PAIXÃO,
SUAS CHAMAS SÃO FULGURAÇÕES DE FOGO, FAÍS
CA DE DEUS!
AS ÁGUAS DA TORRENTE NÃO PODERÃO APAGAR
O AMOR, NEM OS RIOS AFOGÁ-LO. QUISESSE AL
GUÉM DAR TUDO O QUE TEM PARA COMPRAR O
AMOR... SERIA TRATADO COM DESPREZO.
CÂNTICO 8; 6,7

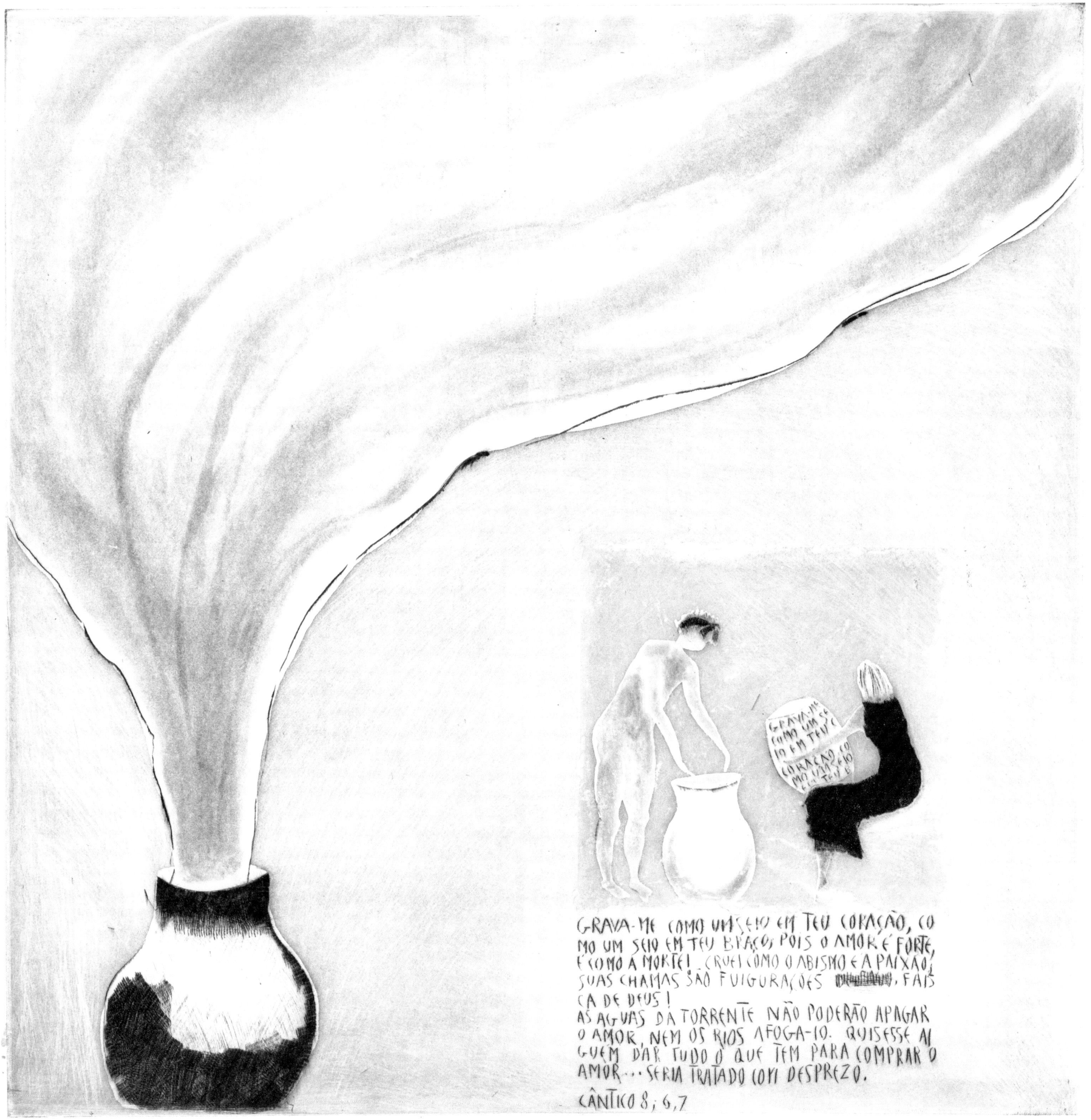
GRAVA-ME COMO UM SEIO EM TEU CORAÇÃO, CO
MO UM SEIO EM TEU BRAÇO; POIS O AMOR É FORTE,
É COMO A MORTE! CRUEL COMO O ABISMO É A PAIXÃO;
SUAS CHAMAS SÃO FULGURAÇÕES, FAÍS
CA DE DEUS!
AS ÁGUAS DA TORRENTE NÃO PODERÃO APAGAR
O AMOR, NEM OS RIOS AFOGÁ-LO. QUISESSE AL
GUÉM DAR TUDO O QUE TEM PARA COMPRAR O
AMOR... SERIA TRATADO COM DESPREZO.
CÂNTICO 8; 6,7

Enclosed and hidden, you are a garden,
a still pool, a fountain.

Fechado e escondido, tu és jardim, fonte selada,
minha noiva, minha irmã. (Ct 4;12)

GRAVA ME COMO
UM SELO
GRAVA-ME COMO UM SELO EM TEU
CORAÇÃO COMO UM SELO EM TEU
BRAÇO
O AMOR É FORTE
É COMO A MORTE
MORTE

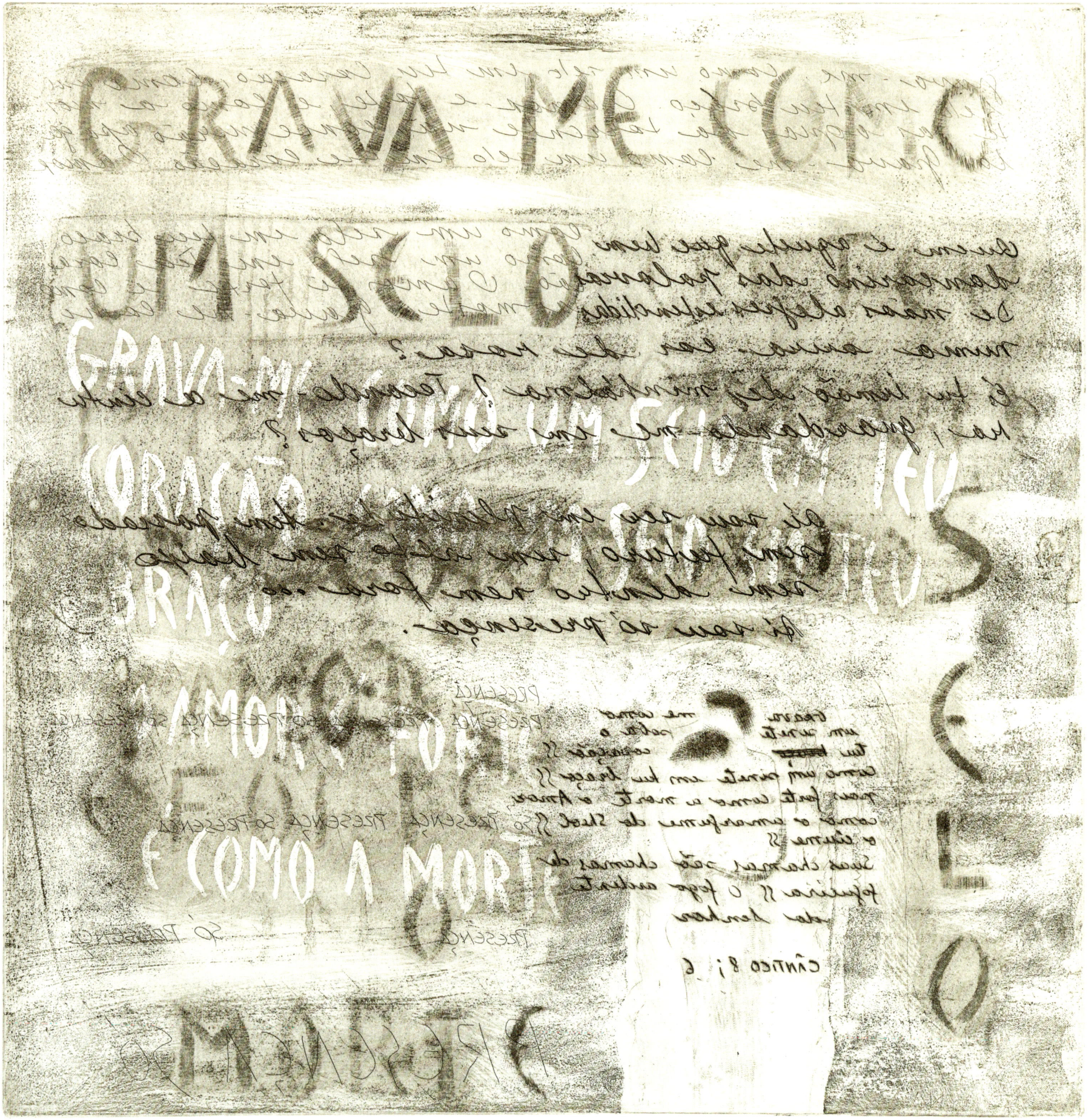
GRAVA ME COMO
UM SELO
GRAVA-ME COMO UM SELO EM TEU
CORAÇÃO
BRAÇO
AMOR
É COMO A MORTE
SÓ PRESENÇA
MORTE
PRESENÇA

O for his arms around me,
beneath me and above!

Sua mão esquerda sob minha cabeça, a direita me enlaça! (Ct 8; 3)

FOGE LOGO
AMADO
UM GA
GAZELA
PELOS MONTES
PERFUMADOS
CANTICO 8, 14

FOGO

LOGO
AMADO

PELOS
PERF

MONTES
MADOS

Stamp me in your heart,
upon your limbs,
sear my emblem deep
into your skin.
For love is strong as death.

Grava-me como um selo em teu coração, como um selo em teu braço.
O amor é forte, o amor é como a morte. (Ct 8; 6)

PROJETO EDITORIAL
EDITORIAL PROJECT
Lucila Sartori

SUPERVISÃO EDITORIAL
EDITORIAL SUPERVISION
Sergio Rizek

TEXTOS
TEXTS
Lucila Sartori
Luiz Armando Bagolin

FOTOGRAFIA
PHOTOGRAPHY
João Luiz Musa

PROJETO GRÁFICO
GRAPHIC DESIGN
Gilberto Tomé

TRADUÇÃO
TRANSLATION
Ana Amélia Duilio da Silva
Henrique Haddad Levy

IMPRESSÃO
PRINTING
Gráfica Ipsis

As gravuras em metal apresentadas neste livro revelam o uso de ferramentas e técnicas como ponta seca, *roulette*, *berceaux*, água forte e água tinta. Suas dimensões variam entre 30 x 20 cm até 60 x 60 cm. Nesta edição, a autora fez uso de ampliações e fusões digitais de certas imagens, relendo o próprio trabalho. As imagens coloridas e com aplicação de folha de ouro são detalhes de uma série de livros da artista, que conjugam gravura e desenho sobre papel *kozo*.

A citação de Rumi foi retirada do livro *Poemas Místicos* (tradução para o português de José Jorge de Carvalho).

A versão em inglês dos versos do *Cântico*, destacados ao longo do livro, foi retirada da obra de autoria de Marcia Folk, *The Song of Songs*. A versão em português foi tradução livre de Lucila Sartori e de Sergio Rizek a partir da pesquisa de diversos autores.

The metal engravings presented in this book reveal the use of tools and techniques such as drypoint, *roulette*, *berceaux*, etching and aquatint. Their dimensions vary between 30 x 20 cm and 60 x 60 cm. In this edition, the author makes use of enlargements and digital fusions of certain images, rereading the work itself. The colorful images with gold leaf application are details from a series of books by the artist, which combine engraving and drawing on *kozo* paper.

Rumi's quote was taken from the book *Mystical Poems*, (translated into Portuguese by José Jorge de Carvalho).

The English version of the *Song*'s verses, highlighted throughout the book, was taken from Marcia Folk's work, *The Song of Songs*. The Portuguese version was a free translation by Lucila Sartori and Sergio Rizek based on research by several authors.

formato 28,5 x 30,5 cm
fonte Optima LT Std
papel capa Supremo 250gr/m2
papel miolo Garda Pat Klassica 150 gr/m2
200 páginas
tiragem 500 exemplares

Impresso no Brasil 2024

Foi feito o depósito legal na Biblioteca Nacional
(Lei n. 10.994, de 14/12/2004)

NARVAL
ATTAR EDITORIAL
rua Madre Mazarello 336
05454-040 Alto de Pinheiros São Paulo SP
fone: + 11 3021 2199
attar@attar.com.br
attar.com.br

Dados Internacionais de Catalogação na Publicação (CIP)
(Câmara Brasileira do Livro, SP, Brasil)

Sartori, Lucila
Cântico dos cânticos : exercícios para a apreensão de um poema /
Lucila Sartori. -- São Paulo : Edições Narval, 2024.

ISBN 978-85-65743-08-2

1. Artes gráficas 2. Bíblia. A.T. Cântico dos Cânticos -
Crítica e interpretação I. Título.

24-203730 CDD-741.6

Índices para catálogo sistemático:
1. Artes gráficas 741.6

Eliane de Freitas Leite - Bibliotecária - CRB 8/8415